KB203516

제3의 얼굴들

제3의 얼굴들

생의 모서리에서 직면한 또 다른 얼굴들

초 판 1쇄 2025년 04월 23일

지은이 강재영
펴낸이 류종렬

펴낸곳 미다스북스
본부장 임종익
편집장 이다경, 김가영
디자인 임인영, 윤가희
책임진행 이예나, 김요섭, 안채원, 김은진, 장민주

등록 2001년 3월 21일 제2001-000040호
주소 서울시 마포구 양화로 133 서교타워 711호
전화 02) 322-7802~3
팩스 02) 6007-1845
블로그 http://blog.naver.com/midasbooks
전자주소 midasbooks@hanmail.net
페이스북 https://www.facebook.com/midasbooks425
인스타그램 https://www.instagram.com/midasbooks

ISBN 979-11-7355-196-3 03810

값 17,500원

미다스북스는 다음세대에게 필요한 지혜와 교양을 생각합니다.

제3의 얼굴들

강재영 단편집

목
차

흔들리는 그림자

제3의 얼굴들

제 3 장
수수께끼

등사실 앞이었다. 오영은 더 걸어갈 수 없었다. 복도 바닥과 벽에 뒤엉킨 두 장의 그림자와 옅은 신음 때문이었다.

오영은 알 수 있었다. 불과 며칠 전만 하더라도 사이가 나빴던 그들이었다. 기어코 하나로 접힌 그림자로부터 비릿함까지 풍겨왔다. 오영은 반찬 그릇들을 싸맨 보자기를 던질 뻔했다. 왜인지 눈시울로 미열이 올랐다. 가까스로 보자기를 바닥에 내려놓았다. 종아리에 힘주며 뒤돌았다.

꽃병 들고 바삐 뛰어다니던 학생회관 복도가 이토록 아득한 줄 몰랐던 건지, 오영은 계단과 가까운 모퉁이에 겨우 멈췄다. 멀리서도 보이는 두 장의 그림자가 나부끼는 당산나무처럼 커져만 갔다. 오영의 눈은 그제야 불그스름해졌다.

오영은 대문마다 하숙집 간판들이 붙은 길목으로 들어섰다. 무거워진 몸을 이끌어 낮은 담장들을 지나쳤다. 끄트머리의 파란 슬레이트 지붕을 지닌 집에 다다랐다. 대문 옆 평상에 앉아 있는 묶은 머리의 집주인이 담배를 끄며 말했다.

"왔니?"

오영은 노곤한 표정의 집주인에게 정중히 인사했다. 곧 오영의 부은 눈을 본 그녀가 자리에서 일어났다.

"너 뭐야? 너 왜……."

"제가 보고드려야 합니다, 지금."

오영의 눈은 더욱 붉어진 상태였다. 조금이라도 건드렸다간 폭발하기 직전이었다. 그의 노기를 감지한 집주인이 더 묻지 않고 길을 텄다. 오영은 낮은 마루 앞에서 급히 신발 옆구리를 밟아 벗었다. 문 한가운데에 [1985년 9月] 달력과 [관리실] 팻말이 걸린 방으로 들어갔다.

오영은 다이얼을 돌렸다. 내벽의 젖은 자국을 노려보다 신호음이 끊기자마자 말했다.

"막내입니다."

라이터 켜는 소리와 함께 낮은 목소리가 들려왔다.

"오냐."

오영은 용수철 같은 전화선을 비비 꼬았다. 한 모금 뱉는 소리에 다시 입을 열었다.

"시월 십오 일이 디데이입니다……. 도문대 총학생회가 여당 지구당¹ 점거를 계획합니다."

문지방에 기댄 집주인이 전화 너머의 침묵처럼 경직됐다. 오영의 뒷모습을 빼닮은 그림자가 점점 길어졌다.

"확실하니?"

전화 너머의 목소리가 물었다. 바깥의 빛이 반만 묻어난 얼굴의 오영은 뜸 들이지 않고 답했다.

"예……. 확실합니다."

"내일 공팔 시까지 집합."

전화가 끊겼다. 오영은 수화기를 내려놓으며 일어났다. 굳은 뼈마디들을 풀고서 집주인에게 다가갔다. 숨통 트인 얼굴로 잔

---

1   각 정당이 국회의원 선거구 단위로 설치한 하부 조직. 지금은 존재하지 않는다.

기침을 뱉었다.

"선배. 저 담배 한 대만 빌려주세요."

그의 갈라진 목소리에 집주인이 담뱃갑과 라이터를 쥐여줬다.

"네 대인가 남았어. 다 태우고 와."

"감사합니다……."

오영은 집주인을 지나치고 나섰다.

"김오영, 동작 그만."

오영은 그녀의 부름에 멈췄다. 고개만 돌리고서 담뱃갑과 라이터를 주머니에 넣었다.

"너 나한텐 있는 대로 말해. 보고 확실해?"

주머니의 겉감이 주먹을 꽉 쥔 모양대로 구겨졌다.

"확실하냐고."

집주인이 재차 물었다. 오영은 몸까지 돌렸다. 눈물 한줄기가 이미 뺨에 말라붙어있었다.

"경기도청 안 가요, 그 새끼들……. 연놈들이 끽해야 도청 앞에서 뭘 할 건데요? 차라리 푸닥거리할 거면 여당 당사엔 가야 명분이 살죠. 아녜요, 선배?"

무거운 울먹임이 목젖에 걸린 오영은 침을 삼켜 한 덩어리씩 녹여 넘겼다. 집주인의 짧은 한숨도 귓전으로 넘어오지 않았다.

제3의 얼굴들

오영은 한달음에 대문을 열어젖혔다. 이사 센터와 하숙집의 전화번호들이 찍힌 맞은편 담장 앞에 멈췄다. 담배 한 개비에 불을 붙이며 길목을 나아갔다. 새어 나온 진한 담배 연기가 걸어온 방향대로 꼬리를 남겼다. 먼지만 한 날벌레들이 전봇대 보안등을 정신없이 들이받았다. 그 아래에 가만히 선 오영에게 지난날들이 스쳤다.

서울 남부의 전투경찰 중대에서 '철모르는 애새끼들 진짜 잘 팬다.'라며 칭찬받기 전이었다. 흰 가스로 뒤덮인 일곱 번째 시위 현장이 기침과 고함에 질식되려 했을 때, 오영은 치 떨리는 나머지 방석모를 벗어 던졌다. 사수대원의 각목에 맞아 눈이 뒤집힌 순간이었다. 오영은 양아버지에게 혹독히 사사 받은 복싱 실력을 끄집어냈다. 잽과 훅, 때에 따라선 킥, 선임들 사이로 들어가 사수대원들을 바수고 다녔다. 그걸로도 성에 안 찬 오영은 방석복까지 패대기쳤다. 총학생회의 넘버 투로 불리는 학생을 곤죽으로 다져버렸다.

건물 옥상에서 지켜보던 사복 차림의 사내들이 커피 마시러 온 덕이었다. 오영은 아침에 기상해서 이분들 따라가라는 기동단 간부의 명령을 받들었다. 안대 차고 털털거리며 도착한 곳은 서울과 경기도 사이의 안전 가옥이었다. 오영은 물비린내 자욱한 어느 낡은 공실로 끌려와 의자에 눌렸다. 구둣발 소리가 코앞에까지 가까워졌다. 의자 바퀴가 굴렀다. 안대가 벗겨졌다. 오영 앞엔 사복 차림의 사내들이 일러준 '과장님'이라는 중년 남자가 서류철을 펼쳤다.

"김오영이, 스물둘……. 경기 화성군 출생……. 대학은 안 나왔네. 입대는 빨리했고."

오영은 깍듯한 자세로 바꿨다.

"예, 그렇습니다."

앳되고도 정갈한 목소리에 과장이 고개를 들었다.

"야, 네 덕에 관할서 형사들이 특진도 꽤 받았더만. 알아?"

오영은 처음 듣는 말이었으나 고개를 함부로 갸웃하지 않았다. 다시 입을 열려는데 상체를 앞으로 뺀 과장이 답을 가로챘다.

"너 인저부터 애국할 거면 확실히 해."

오영은 외려 결연함을 담아 물었다.

"어떤 애국을 하시는지 여쭤도 되겠습니까?"

뒤에 서 있던 사복 차림의 사내들이 실소했다. 과장도 그들과 오영을 보며 굳이 미소를 숨기지 않았다. 주머니에서 꺼낸 유칼립투스 캔디 한 개를 깨물고서 말을 이었다.

제3의 얼굴들

"그래, 나는 국가안전기획부 학원과장이다. 주로 저 뒤에 있는 네 선배 될 사람들이랑 일한다."

화투 치는 동네 어른들의 어깨너머로 욕지거리와 함께 훔쳐 들었던 그 기관이었다. 그것도 등산복 차림의 후덕한 중년 남자가 직책까지 밝힌 마당이었다. 오영은 가슴을 움켜쥐는 긴장감에 살며시 턱이 벌어졌다.

"우리가 경기 지역 학원가를 다시 밟아야 해서 그래. 갈수록 도가 지나쳐. 너도 고생하면서 많이 봤지? 서울 시가지에서 아스팔트 깨고 술병 던지는 애새끼들 말이야. 그게 말이지, 그렇게 만드는 상선들이 죄다 네 또래들이야, 용공들이고…… 철따구니가 없어도 정도껏 없어야지. 간첩질이나 하고 말이야. 그렇니, 안 그렇니?"

과장이 은은히 올렸던 미소를 감추고 검지를 뻗었다.

"너 오늘부로 대학생이야."

그것은 명령이었다. 오영은 서울 모처의 야생동물 연구소로 위장한 대공분실의 빈 조사실로 떨어졌다. 선배 수사관들이 포장지에 둘린 벽돌 같은 책 여러 권을 던졌다. 기관에서 읽지 말라며 엄포 놓았던 제목들, 먹물 냄새가 짙은 급진적인 활자들, 그 불경스러운 것들을 한 장씩 넘길수록 어깨 통증이 가셨다. 건

너 들려오는 구타와 비명도 견딜 만했다. 오늘은 전기 고문이구나, 삐걱거리는 게 통닭구이로구나, 소리로도 두꺼운 벽 너머의 상황이 훤히 보일 지경이었다.

안전 가옥의 공실은 체육관이었다. 어떤 선배가 자신처럼 복싱을 배웠기에 붙을 만했다. 한 번 나자빠질 때마다 벽 잡고 볼기 맞는 상황은 양아버지 덕에 인이 박인 후였다. 여러 단과대에서 치르는 시험 또한 머릿속에 한껏 쑤신 것들을 써 내렸다. 때에 따라선 장기 구금된 또래 대학생과 시국을 논하는 연습도 게을리 안 했다. 오죽하면 맞상대해 주는 또래 대학생이 말하길, 아저씨는 차라리 대학을 가지 그랬어요, 라고 감탄하기까지 했다. 오영은 그의 뺨에 달라붙은 머리카락 한 올을 떼줬다. 그때만큼은 또래 대학생이 움츠리지 않았다. 선배 수사관들이 누누이 일러줬던 친밀감 형성까지 터득한 셈이었다. 물론 용공 분자임을 명확히 인지한 상태로 쓴 잔기술이었다.

쪽창 사이로 새해가 떠올랐다. 과장이 조사실에 들어왔다. 겉멋 든 대학생처럼 머리카락이 덥수룩해진 오영은 각 잡고 자리에 앉았다.

"축하한다. 잘 버텼네."

건조한 격려를 건넨 과장이 서류철을 들이밀었다. 「도문대학교」라 적힌 제목이었다. 김오영, 나이 23, 학번 19851023, 사회과학대학 행정학과, 삼수 끝에 입학한 신입생의 기본 정보였다.

"새해 선물이다. 오늘부터 인근 자취방에 거주한다."

집주인으로 위장한 여자 수사관 한 명, 회사원과 교내 시설관리원으로 위장한 남자 수사관 두 명이 더 붙었다. 도문대학교 총학생회의 전반적인 투쟁 지도와 이념 연구, 대자보, 연설문, 학보 및 각 단과대 학회지 기고문, 기타 문서 작성까지 총괄하는 '언더 서클'을 알아내 일일 동향 보고를 올리는 것, 집주인이 오영에게 따로 하달한 주요 임무 내용이었다.

자취방 생활 적응은 금방이었다. 먼저 시설관리원과 회사원이 각자의 일터로 출근하면, 오영은 십 분 후 또는 두 시간 후에 학교로 가야 했다. 그 외의 정해진 일정과 동선도 뼈와 살에 새겨졌다. 이렇게 도문대 행정학과 신입생 김오영의 삶이 초봄과 함께 시작됐다.

"너도 끈[2] 될 거냐?"

오영의 눈매는 아직 부드럽지 않았다. 그걸 본 행정학과 고학번 선배가 사회과학대학 복도에서 건넨 질문이었다.

2   운동권을 뜻하는 은어.

"난 말이야, 그 기질이 보여……. 뭔가 야리꾸리하다, 너?"

고학번 선배가 오영의 재킷 주머니에서 아리랑 라이터를 꺼냈다. 장난스레 점화 버튼을 누르고 떼며 캐비닛에 기댔다.

"여하튼 총학생회 밑으로 헐레벌떡 들어가진 말라고. 수습 남자애들은 무조건 투쟁국이 끌고 가서 앞에 세우거든. 투쟁은 얼어 죽을, 순 고기 방패야."

오영은 그 정보들을 조용히 외웠다.

"장남이 그 짓을 어떻게 해요? 내가 담이 작아요, 생각보다."

"그래라. 그러면 동아리도 아무 데나 가면 안 되겠네."

"동아리요?"

오영은 정중히 아리랑 라이터를 돌려받았다. 고학번 선배가 마저 일러줬다.

"어느 학교 법학회는 법학적이지 않고, 어느 학교 연구회는 연구 따원 하지 않으며, 우리 학교 문학회는 문학적이지 않지. 이것 참 모순이야, 모순. 이해했나, 후배?"

오영은 미소 지었다.

"아쉽네요. 저 나중엔 시집 한 권 내고 싶었는데 말이죠."

"왜 이런담? 문학이 돈이 되는 건가? 헛바람 들면 안 된다."

어느새 오영은 깊은 밤의 학생회관 휴게실 바닥에 앉았다. 눈

제3의 얼굴들

풀린 아이들에게 몸이 밀리더라도 바로 귀가해선 안 됐다. 다름 아닌 학생회관 우측 외벽의 홍보 포스터로 봤던 **[혁신 문학회]** 환영회 자리였다.

오영은 맞은편 내벽의 또래 여자와 눈이 마주쳤다. 술기운에 오른 홍조가 참 붉었다. 흰 피부와 검은 단발머리가 대조되는 인상에 쌍꺼풀 없는 크고 맑은 눈이었다. 웃는 듯 웃지 않는 그녀에게서 넘어온 익숙한 공허가 가슴 앞까지 닿으려 했다. 오영은 운영진 소개 시간에 그녀가 밝힌 '유미선'이란 이름을 떠올렸다. 옥상 흡연 구역으로 가고자 짧은 눈인사를 건네며 일어났다.

"얘, 행정학과!"

뒤따라온 미선도 오영의 주머니로 손을 넣었다. 아리랑 라이터와 담뱃갑을 슬쩍하며 옥상 문을 열고 들어갔다. 오영은 두어 걸음 남겨두고 주춤했다.

옥상 한가운데에 선 미선은 담배 한 개비를 꺼내 물었다. 불빛 묻어난 그녀의 얼굴로부터 갈빗대 아리는 느낌이 안겼다. 순간이 멈춘 오영에게 미선은 느지막이 물건들을 돌려줬다. 오영은 그녀와 나란히 난간에 기댔다.

"새내기가 김남주를 안다고? 신기하네."

미선의 나긋한 중저음이었다.

"네, 알아요. 「돌멩이 하나」 좋아하세요?"

자기소개에 언급한 시인을 기억해 준 미선 앞에서 침착함을 유지했지만, 오영은 박동이 커지려는 터라 왼손을 난간에 올렸다. 굳은살 박인 정권 부위를 빼면 희고 부드러웠다. 미선이 딱 맞춰 오영의 왼손을 내려다봤다.

"알긴 아는데…… 너는 태주 형 눈에 안 든 게 다행일 수도? 아까 봤지? 내 옆에 앉은 얼굴 시꺼먼 형……. 그 형이 좀 별로거든."

오영은 미선이 총학생회 투쟁국을 뒷선에서 지도하는 홍태주와 소원할 수 있겠다는 추측을 했다. 왜인지 모를 안심도 밑자락에 깔렸다.

"누나는 뭐 하는 분이세요?"

"대강 눈치챘으면서 뭘 묻니?"

미선이 싱긋 웃는 얼굴로 받아쳤다. 오영은 다른 질문을 꾸미려는데, 그녀가 마찰음이 나게끔 손등을 붙잡았기에 깜짝 놀랐다.

"너 나랑 일하자. 내가 너 챙길 거야. 그리고 내가 작문 교습도 같이해줄게. 투쟁적인 글쓰기랑 그렇지 않은 글쓰기 둘 다. 괜찮은 조건 아니니? 난 있지, 다른 학우들처럼 푸닥거리만 하지 않아. 지성을 갖춘 우리네는 낭만이 있어야 싸울 힘이 생기거든."

그날부터 낮과 밤의 경계가 흐려졌다. 총학생회 및 혁신 문학회 합동 회의에서 책상을 비치하고, 가두 투쟁 전술 논의와 벽에 붙일 대자보 구상, 위치 선정까지 마치면 대포집으로 향해 막걸리를 붓는 나날들이었다.

"가능한 만연체로 써, 자보[3] 초안은. 쉼표가 중요해. 알았지?"

자신이 잡혀가면 담당 업무를 이으라는 미선의 의중이었다. 오영은 수시로 인수인계해 주는 그녀의 얼굴을 가까이 볼 수 있었다. 눈썹의 움직임, 입꼬리와 목소리의 높낮이, 오영은 그녀의 컨디션을 파악할 수 있는 감을 잡았다. 학우들 몰래 이선희와 윤시내의 노래를 얘기하는 날은 홍태주와 다투지 않은 날이었고, 아무 말 없이 동아리방 간이침대에 널브러지는 날은 밤새 다퉜다는 흐름이었다.

하마터면 등사실을 지날 뻔한 어느 날이었다. 전지 뭉치를 옮기던 오영은 속히 벽에 등을 붙였다.

"그리고 사수대 애들한테 손 좀 그만 올리세요. 애들 다 도망가면 형이 책임질래요? 왜 자꾸 막 나가죠? 내년에 선거 뛰겠다는 인간이?"

"그 걱정을 네가 왜 해? 파쇼 새끼들 까부수는 거라면 더 한 것도 해. 정 고까우면 그 새내기랑 네가 지도해! 아주 붙어서 안

3   대자보를 뜻하는 운동권 은어.

떨어지던데, 어?"

"하나 수틀리면 줄 세워서 패니까 그러지! 나한테 했던 것처럼! 왜, 이젠 오영이도 건드리게? 내 새끼 건드렸다간 불 질러 죽여버릴 거야!"

"이게 선배한테!"

왜냐하면 등사실은 미선과 태주의 살풀이 장소였다. 복도 전체가 쩌렁쩌렁 울리는 날엔 총학생회 간부들도 가길 주저했다. 물론 날 밝아오면 미선은 오영에게 옥상에서 동지적으로 막걸리에 사이다 좀 때리자며 능청을 떨었다. 오영은 그때마다 술 상무 역할을 잘 해냈다.

"그 새낀 있잖아, 투쟁을 하나도 모른다? 미친개가 돌격 앞으로를 그냥 앞에서만 하는 줄 알아……. 후문에 대오 세워서, 어? 시내에 나갈 수 있었어, 충분히. 그게 다…… 그 새끼가 시를 안 읽어서 그래. 순 못돼먹은 새끼야……. 왜 문만 열어? 필요하면 창문도 열어야지. 김남주 시인이 종이만 고집했어? 그는 은박지에다가도 시를 꾹꾹 썼다, 뭐든 눈에 뵈는 것들이 곧 종이였다, 이 말이야……."

고개를 끄덕이는 건, 오영 자신이 할 수 있는 최선의 반응이었다.

"알아요. 난 누나 편이에요."

제3의 얼굴들

오영은 한잔 또 넘기려는 미선의 손을 내려줬다.

"오, 뭐야……? 누나 꺾어 마시라고 배려해 주는 거야?"

오영은 눈 풀린 웃음이 떠오른 미선을 보고 발그레할 뻔했다. 흔들리는 검은자를 어쩔 줄 몰라 했다. 그러자 그녀가 진심 반 조각을 손에 얹은 것처럼 머리를 쓰다듬었다. 열 식힐 새마저 없었기에 오영은 귀엽다는 구실로 볼까지 살살 꼬집히기까지 하면, 술을 왕창 들이켜면서도 보고할 내용들을 잊지 않고자 애썼다.

자취방에 모인 선배 수사관들의 경험으로 추측할 수 있는 정황상, 미선이 말한 '돌격 앞으로'란 아이들이 언젠가는 경기도청 앞에서 진을 칠 심산이란 것이었다. 그 전에 단일 대오를 데리고 학교 정문에서부터 차차 나아간 후, 종주에 몇 차례의 가두 투쟁으로 대규모 시위를 조성한다는 것이었다.

곧 정확해졌다. 오영은 자신이 작성한 일일 동향 보고서로 관할 경찰서가 치밀히 나섰기에 안심했지만, 다섯 번째 돌격마저 무너진 어느 초여름의 달빛 아래, 패잔병 같은 미선의 뒷모습을 봐야 했다. 오영은 그녀의 그림자까지 안 볼 수 없었다.

가로등 보안등 아래서 새벽을 지새운 오영 앞에 검은 관용차[4]

---

4   정부 기관이나 공공 기관에 소속되어 공적인 일로 운행되는 자동차.

가 정차했다. 자취방으로 돌아가려 한 참이었지만, 오영은 뒷좌석 차창이 열리고 나서 옷매무새를 모았다. 과장에게 허리를 반만 숙여 인사했다.

관용차가 고속도로를 달렸다. 오영은 과장과 뒷좌석에 나란히 앉아 있었다. 경작지 일색의 바깥이 보이는 차창으로 희미한 얼굴을 띄웠다.

"애, 막내야."

과장의 부름에 오영은 고개를 돌렸다.

"너 자신 있냐?"

씹었던 유칼립투스 캔디를 삼킨 과장이 긴 담배 한 개비를 물었다.

"공직 사회 중에서 정보기관이 제일 더러워. 동서고금 통하는 규칙 같은 거야. 하나 삐끗하면 안 보이고 안 들리게 죽는 건 다반사야. 그래서 타이밍을 잘 봐야 하는 거고. 어떻든 끝까지 살아야 나중에 늙어 죽어도 후회를 안 하니까."

오영은 과장이 건넨 담배를 받았다. 불붙은 한 모금을 입 가려 내뿜었다.

"그러게, 네 선배들이 얼마나 전전긍긍했겠냐, 어? 아직 머리에 피도 안 마른 애가 딱 잘라 말해버렸으니까. 맞아, 아니야, 인마."

오영은 맥없이 나오려는 콧김을 참았다. 담배 불씨를 침 묻힌 손가락으로 눌러 끄며 나직이 답했다.

"맞습니다."

"내가 지금이라도 도로공사 영업소 들러서 대공정보실장님께 말씀드릴 수도 있어. 나는 그 어린놈의 새끼가 누군지 모르고, 알았더라도 애저녁에 보내버렸을 거라고……. 네가 나라면 어쩔래?"

오영은 탄 자국이 묻은 엄지와 검지를 한참 내려다봤다. 둥근 지문들이 낙서라도 한 것처럼 명확히 드러났다. 바깥의 경작지들이 더 보이지 않았다. 허허벌판 인근으로 진입하려 할 때, 오영은 입을 열었다.

"저라면 직진할 겁니다. 확실하니까. 저는 무명이니까. 삐끗하더라도 군말하지 않겠습니다."

과장은 실실 웃는 얼굴이었다. 입가를 닦고서 속도 좀 내라며 운전석 시트를 가벼이 두드렸다. 관용차의 엔진 소리가 멀어져 갔다.

다이얼 전화로 하달됐던 오전 공팔 시가 됐다. 학원과 수사관들이 안전 가옥 내부의 원탁에 모여 칠판을 응시했다. 「남조선 민족해방전위대 조직도」라는 제목의 전지엔 혁신 문학회와 총학생회 간부들의 이름이 적혀있었다. 제각각 총장과 부총장 또는 부장급의 직책까지 달려있었다.

"이들은 수원 지구당 점거 실행 전, 도문대학교 학생회관을 비롯하여 인근 식당과 자취방을 전전하며 전술을 구상했고, 때에 따라선 도문대학교 학생처장과 교직원들을 겁박하여 자금을 마련하였음을 알 수 있습니다. 경기도청 시위 계획은 애당초 연막작전에 불과, 실제로는 지구당 인사들을 상대로 인질극을 벌여 북으로 갈 헬기를 요구할 겁니다. 야권과의 연계점은……"

선배 수사관의 설명이 계속 이어졌다. 원탁 뒤에 서 있는 오영은 부총장 직책 옆에 적힌 미선의 이름에서 눈을 떼지 않았다.

가만히 있던 과장이 조직도 앞에 섰다. 내내 피운 담배를 종이컵 안에 툭툭 털었다. 수사관 일동이 기다렸다는 듯이 담뱃갑을 꺼냈다. 마찬가지로 주머니를 뒤적이는 오영에게 집주인이 한 개비를 들이밀었다. 오영은 보고 내용에 관한 그녀의 나직한 엄포가 떠오른 기색이었다. 자동 반사처럼 들어 올리려 한 오른손이 얼어붙은 모양새였다.

"막내, 와 봐."

과장의 부름이었다. 오영은 집주인의 손길을 지나쳤다. 과장이 조직도로 고갯짓하며 말했다.

"뭐 하나 비는 것 같지 않냐?"

과장의 시험을 눈치챈 선배 수사관들이 귀를 쫑긋 세웠다. 집주인도 시선을 고정했다. 차분히 조직도를 훑은 오영은 부총장 라인을 가리켰다.

"부총장이 한 명 더 있어야 합니다."

"누구로 할까?"

모두의 입술과 입천장이 바짝 탔다. 오영이 말했다.

"홍태주를 넣어야 합니다. 유미선 혼자서는 절대로 조직 살림 못 합니다."

집주인이 눈을 깊이 감고 말았다. 오영은 쉼 없이 술술 풀었다.

"홍태주는 사상적으로 투철합니다. 평소에도 북괴 노동당을 찬양 고무하는 건 기본입니다. 라디오 방송도 몰래 청취하는 걸로 알고 있습니다. 그래서 합이 맞습니다. 오늘부터 총학이랑 혁문회는 제가 작업 개시하겠습니다."

선배 수사관들이 기가 막힌다는 웃음을 뽑아냈다. 과장이 해산을 명하고 이른 오후로 접어든 후, 수원으로 돌아가는 차 안에서 핸들을 잡은 집주인이 말했다.

"일을 키우는 성격이구나, 너."

오영은 평안한 기색이었다.

"운전 제가 할까요?"

"잘 들어. 너 그런다고 특진 될 리 없고 –"

"운전 제가 하냐고요."

집주인이 핸들을 틀어 브레이크 페달을 밟았다. 비상등이 깜박였다. 차 안이 싸늘해졌다. 오영은 벨트를 풀었다. 뿜어내는 콧김이 점차 옅어지는 집주인에게 몸을 틀었다.

"특진은 선배 몫입니다. 저 회사에 잔류 안 할 겁니다. 프로젝트 끝나면 과장님께 따로 말씀드릴 거고요. 그러니까 선배, 고정하세요. 제가 죄송합니다⋯⋯."

"너 나가서 뭐 할 건지는⋯⋯ 정했니?"

거친 호흡을 가라앉힌 집주인의 질문이었다. 오영이 답했다.

"일단⋯⋯ 먼저 내릴게요. 학교 가야 해서요. 수고하십시오."

오영은 집주인을 뒤로하고 밖으로 나갔다. 멀지 않은 정류장에 도문대 행 지역 버스가 정차했다. 속히 몸을 실었다. 수원 시내 정류장마다 고교생들이 떼로 몰렸다. 구석 자리의 오영은 인간 뭉치에 가려졌다.

총학생회와 단과대 대표단이 모인 학생회관 대강당은 이미 왁자지껄했다. 경기도청 시위가 경찰 측에 들킨 게 아닌가, 그

제3의 얼굴들

래서 지도부 입장을 확실히 밝혀야 하지 않나, 양상을 새로 짤 필요가 있지 않냐는 고성이 여기저기 빗발쳤다. 총학생회 간부들은 제발 정숙해달라 갈라지게 질렀다. 그럼에도 단과대 대표단이 우르르 몰렸다. 무대 후방에 무릎 굽혀 앉은 미선도 태주와 눈빛을 짧게 교환했다. 머리카락을 쥐어뜯으며 고개를 푹 숙일 뿐이었다.

그 아수라장의 중앙 통행로로 오영이 등장했다. 오영은 무대 계단을 탔다. 총학생회 간부들을 지나쳐 미선 앞에 멈췄다. 그녀의 옷자락을 잡아당겼으나 좀처럼 일어나지 않았다. 어금니를 꽉 깨문 오영은 마이크를 때리고 무릎을 꿇자 비로소 조용해졌다. 정파를 막론한 시선들이 오영에게 쏠렸다.

"학우 여러분, 안녕하십니까. 혁신 문학회 김오영입니다."

단과대 대표단이 슬슬 뒤로 물러났다. 억지 미소를 올린 오영은 감사하다는 말과 함께 목을 가다듬었다.

"학우 여러분. 우리, 이럴수록…… 군부 파쇼 집단이 비웃으며 좋아할 겁니다. 고로 우리 청년 학도들이 다시 단결된 마음으로 이성을 갖춥시다. 기층의 시민들을 등지실 겁니까? 나고 자랄 어린이들에게도 죄인이 되어 사실 겁니까?"

오영은 총학생회장에게 마이크를 건넸다. 지도부 회의만 하고 다시 오겠다는 발언이 나올 때, 오영은 고개 들어 손 흔드는 미선을 보곤 눈을 피했다. 그저 무대 옆으로 걸음을 옮겼다. 태주의 따가운 시선이 어떻든 상관없었다. 흐트러진 앞 머리카락을 뒤로 넘길 뿐이었다.

"야, 새내기, 너 총 맞았냐, 어?!"

"저 멀쩡합니다, 형. 말씀은 예쁘게 해주시죠."

대강당 대기실에서 평화가 깨진 모양이었다. 오영과 태주가 서늘함과 이글거림을 서로에게 쏘았다. 총학생회 간부들이 둘을 떨어뜨렸다.

"오영아, 그래도 네 학형이야. 진정해."

오영은 등을 쓸어주며 말 붙이는 미선을 악다구니 담은 그대로 노려봤다. 흠칫한 미선이 손을 내렸다. 태주가 간부들을 뿌리치고 달려들었다.

"개새끼야!"

태주의 큰 손이 오영의 멱살을 잡아챘다. 오영은 칠 수 있으면 쳐보라는 기세로 턱을 쳐들었다. 미선이 이게 뭐 하는 거냐며 태주의 팔을 잡아 내리려 했다. 여럿이 일시에 붙더라도 역부족이었다. 태주가 헛웃음 뱉으며 말했다.

"정신 빠진 새끼가 개멋 부리면서 기어 와서는 뭐? 지구당엘

가자고? 야, 네가 책상머리에만 있으니까 현장 무서운 줄 모르지? 전쟁터야, 이 우라질 새끼야! 꼴통 깨지고 피 터져서 죽어가는 곳이라고! 네가 본 적은 있어, 어?!"

태주의 손목을 움켜쥔 오영은 무아의 기운에 잠식된 얼굴이었다. 미선과 총학생회 간부들이 몇 걸음 뒤로 물러나 버렸다. 오영은 태주가 울먹이며 바닥을 구르자 손가락을 하나씩 풀었다. 새내기들이 태주를 부축해 나갔다. 묵직한 정적 속에서 그 누구도 입술을 달싹이지 않았다.

"저는 우선…… 김오영 학우 의견에 찬성합니다."

먼저 오른손을 든 미선이 말했다.

"회장 형, 위험하긴 한데요, 애들 데리고 택[5] 짜볼게요. 대여 투쟁 요구 사항은 총학이랑 단과대에서도 논의하셔야 해요. 진입로 따는 건 오래 안 걸릴 거고요."

임시 대의원회 개회 논의와 안건 상정 조율, 비상 지도부 출범과 정보과 형사들한테 흘릴 소문 등, 입에서 입으로 오가는 전제들을 듣고 결정한 총학생회장이 안경 콧대를 고쳐 올렸다. 총학생회 간부들이 다시 무대로 나가며 오영의 어깨를 두드렸다. 회의를 재개하겠다는 목소리가 들려왔다. 오영은 꽉 묶였던 매듭

---

5   투쟁 전술을 뜻하는 운동권 은어.

하나가 풀린 마음을 숨겼다.

해 질 무렵이었다. 야외 흡연구역 바닥의 햇살과 그늘이 굵직한 선을 그어놓았다. 오영의 신발 앞축으로 담뱃재가 나풀거려 떨어졌다. 뒤에서 미선이 한달음에 다가왔음에도 오영은 신경 쓰지 않았다.

"오전 내내 어디 있었어, 오영아?"

쌓인 근심을 한 움큼 담은 미선이 물었다.

"자취방이요. 몸이 좀 아파서."

오영은 싸늘한 기온처럼 억양 하나 올리지 않았다. 바르르 떨리는 입술을 안으로 말아 넣은 미선이 표정을 가다듬었다. 다른 질문을 건넸다.

"야, 그런데 그릇…… 다음에 줘도 된다니까…… 굳이 그걸 갖다주니? 말이라도 하지, 나한테."

손가락 사이의 담배를 내동댕이치려는 충동을 가까스로 누르고, 오영은 이를 바득거리려는 것까지 참았다. 입김과 담배 연기를 내뿜고서 말했다.

"뭔 말이요? 다음 언제요? 그리고 내가 반납 안 하고 뭐 하게요? 오일장에 내놓을까요? 원래 주인한테 갖다주는 게 당연지사인데요."

"아니, 오영아, 난 그게 아니라 –"

"아니면 됐습니다. 무슨 말씀하시려나 했네요. 먼저 들어가겠습니다."

오영은 뒤돌았다. 시야가 뿌옇게 잡히는 것처럼 미선의 모습과 멀어졌다. 분식 냄새가 덜 빠진 현관 복도에서 주춤한 오영은 오른쪽 끝의 화장실로 향했다. 지저분한 거울에 콧방울 달아오른 야윈 얼굴이 떠올랐다. 쏟아지는 찬물로 핏기 없이 질릴 때까지 박박 씻었다.

어느덧 디데이까지 이틀이 남았다. 안전 가옥에 학원과 수사관들이 모였다. 여당 지구당의 실내 지도 곳곳을 가리켜 은신할 지점들을 나눴다. 오영의 이름이 적힌 곳은 후문이었다. 탈출하려는 학생들 차단과 내부 진압 지원까지 배당받은 셈이었다.

디데이 하루 전엔 총학생회 새내기들이 소주병에 등유를 부었다. 휴지 꽂힌 완성품들이 공병 보관함에 정갈하게 쌓였다. 상황실로 쓰이는 공실 내벽의 엉성한 실내 지도엔 화살표들이 잔뜩이었다. 사수대원들이 지구당 당직자들을 제압하면 부총학생회장과 사회국장, 선전국장, 대외협력국장, 홍태주, 유미선이 옥상에 선다는 계획이었다. 오영은 간부들의 동선을 조용히 외우고 나왔다.

이마 짚은 미선이 현관 쪽 낮은 턱에 앉아 있었다는 것을 오영은 몰랐다. 꺼낸 담뱃갑을 주머니에 도로 넣고 사라지려 했지만, 익숙한 구도로부터 지난날 몇 조각이 겹쳤다.

"누나."

그때 그 초여름이었다. 오영은 여전히 동아리방에서 어둠에 잠겨있는 미선을 불렀다.

"누나, 저 오영이에요. 들어갈게요."

오영은 미선의 앞자리에 앉았다. 그녀의 얼굴은 눈물로 부어 있었다. 누군가 울 때 어찌해야 하나, 오영은 이십 년 넘도록 배운 적이 없었다. 노점상에서 산 손수건 한 장을 미선의 손에 쥐여주긴 했다. 미선이 서서히 오영과 눈을 마주했다.

"누나, 더 싸워야죠, 우리. 누가 보면 미군이 전쟁 일으킨 줄 알겠네."

오영은 미선의 맑은 웃음에 자기도 모르게 손을 뻗었다. 그녀의 머리를 부드러이 쓰다듬었다. 곧 아차 싶은 까닭에 급히 손을 허벅지 밑으로 깔았다. 분명한 어색함과 정적이 맞물렸다. 각자 다른 곳으로 시선을 돌렸다. 오영은 자리에서 일어났다.

"우리 대포집 가요. 기다릴게요, 천천히 나오세요."

제3의 얼굴들

오영은 나가려 했다. 미선이 그의 옷소매를 붙잡았다. 괜찮으니까 같이 가자며, 먼저 가지 말라며, 함께 자주 눌러앉던 대포집에서 서로에게 막걸리를 따라줬다. 언제나 존경해 마지않는 김남주에게 한잔, 서정시를 쓰기 힘든 시대를 통탄했던 베르톨트 브레히트에게 한잔, 스무 개의 사랑 시를 학우들 몰래 읊조리게 지폈던 파블로 네루다에게 한잔, 달아오른 두 얼굴 사이에서 조국과 청춘의 무게는 잠깐이나마 내려놓아도 괜찮았다.

"동아리 연합회 엠티 갈 거니?"

시계의 작은 바늘이 열한 시에 다다랐다. 쇠젓가락으로 전들을 찢은 미선의 질문이었다.

"저 누나 편이라 안 가려고요. 그런데 누나가 간다고 하면 가려고요. 왜냐고요? 누나 편이니까요."

벽에 머리를 기댄 오영은 냉수 한 모금을 축였다. 개운한 숨을 내쉬며 손바닥으로 입가를 닦았다. 그 모습을 잔잔히 본 미선이 말했다.

"우리 춘천 갈래?"

그녀의 목소리가 문득 달리 들렸다. 낭만파임은 알았으나 혹시 환멸이 깊어진 건가, 택 짜는 방식을 재고하기 위함인가, 선배들에게 보고할까, 그러나 마음 있음을 확인하고 싶은 거라면 보고하지 않는 게 나을까, 오영의 머릿속에서 경우의 수가 소리 없이 얽히고설켰다.

그러나 그녀에게 답은 꼭 해야 했다. 오영은 적절한 단어들을 떠올려 만든 긍정의 의사를 꺼냈다.

"만약에 누나네 부모님께서…… 보수적이지 않다면요. 딸 키우는 집이면 특히나…… 아니, 그렇지 않나요? 내가 대답해도 되는 건지 모르겠네요."

미선이 말했다.

"순진한 면이 있네……?"

결국 미선이 끅끅거렸다. 오영은 코를 찡그렸다. 남은 전들을 한입에 넣어 우걱거렸다.

"아, 진짜 못됐다."

웅얼댄 오영은 끝내 덩달아 웃었다. 얼마 후에 지친 나머지 조용해진 둘 사이, 쇠젓가락을 내려놓은 미선이 오영을 물끄러미 봤다. 오영은 그녀가 무슨 말을 꺼낼지 알기에 테이블의 물기를 괜스레 건드렸다.

"내가 별안간 안 보이거나 다른 애들한테 물어봐도 어디에 있는지 모른다고 하면…… 오영이 너만 꼭 와, 잠깐 인사하게. 서울역 승강장으로. 동해 방향."

젊은 날의 유언처럼 닿는 그녀의 낮은 목소리가 오영의 뒷덜미를 눌렀다. 스테인리스 물컵에 뜬 오영의 모습이 형광등 빛에 묻혔다. 이내 미선이 자리 옮기자며 손뼉을 쳤다.

미선에게 붙잡혀 끌려간 곳은 그녀가 생활하는 하숙집 앞이었다. 미선은 두툼한 분홍색 보자기를 들이밀었다. 차곡히 쌓인 크고 작은 밀폐 용기마다 반찬들이 담겨있었다. 몇 개는 안주, 몇 개는 너 먹일 음식, 그리고 이건 소주, 청춘의 등유, 남자 혼자서 사는 방은 처음 가네, 라며 선배 수사관들이 미리 비운 덕에 적적한 자취방에서 자정을 넘기고, 요 위로 나란히 누운 오영과 미선에게 새벽 중턱의 푸름이 물들었다.

바닥엔 빈 반찬 그릇과 소주병이 전부였다. 뒤척이던 미선이 먼저 눈을 떴다. 오영의 품으로부터 살며시 나왔다. 반 바퀴 돌아간 상의를 바로 폈다. 고이 잠든 오영의 얼굴이 보였다. 조심스레 그의 볼을 손가락 끝으로 아기 피부처럼 만졌다. 상체 숙여 자신의 볼에 입을 맞췄던 차가운 촉감, 오영은 그것까진 기억이 났으나 콧잔등에 떨어진 눈물방울을 의아해했다. 이미 떠난 그녀의 누운 자리를 멍하니 쓰다듬었다.

이후, 오영은 미선이 자신을 피하거나 동사무소 민원인처럼 대하는 태도에 여러 번 주저했다. 그날 밤엔 분명 서로 살을 섞지 않았다. 민망한 실수조차 안 했다. 그럼에도 얇은 얼음장들이 미선의 얼굴을 둘러싼 것만 같았다. 단과대 학회지 기고문들을 대필했더라도 그녀는 그대로였다. 수고했다는 짧은 덕담이나마 듣는다면 다행이었다. 그렇기에 오영은 차마 막걸리 마시자며 능청 떨기도 어려웠다.

오영은 작은 용기를 내봤다.

"누나."

그러나 미선이 단박에 잘랐다.

"나중에."

"제가 무슨 말 할 줄 알고요?"

"나중에 하자니까?"

지나치는 미선의 뒷모습을 바라본 오영은 넌지시 물을 수라도 있다면, 내용이 퍽 적어진 일일 동향 보고로 집주인에게 정강이 맞는 건 버틸 수 있다 믿었다. 그녀는 대체 왜 그토록 미워하는 홍태주와 농담을 주고받는가, 자신과는 왜 바람 앞의 등불 같은 시국마저 논하지 않는가, 오영은 방 내벽에 걸린 영농 달력을 찢어버렸다. 9월이었다.

꼭두새벽부터 마당에 나앉아 몸을 써야 속이 풀릴 모양이었다. 오영은 미선의 반찬 그릇들을 뽀득거리기만 수십 차례였다.

보자기까지 싸매 그녀의 하숙집과 사범대학을 찾아갔다. 수줍어하는 여학생들이 오늘은 미선이 없다며 장난스레 일러줬다. 그러다 학생회관에 살다시피 하는 학형들이 말하길, 서울 지역 학생회와 얘기할 게 있어서 신림동 갔다, 라길래 오영은 대낮부터 대포집으로 향했다.

기다린 만큼 들이켜고 게웠다. 맑아진 정신으로 고개 쳐들어 별 하나 없는 하늘을 올려다봤다. 오영은 정문에서 정차하는 지역 버스에 오르고 내렸다. 칠흑 속의 학생회관이 커다랬다. 계단을 밟을수록 나오려는 잔기침을 참았다.

그날, 등사실에서 일곱 걸음 전, 태주의 혀 꼬인 웅얼거림과 미선의 울음이 먼저 들렸다. 어쩌면 그가 사과를 건넨 걸까, 윽박과 욕설만 내질렀던 이의 자상한 면을 다시 본 걸까, 간질이는 키득거림이 서서히 질펀해졌다. 목구멍 깊숙이 스민 습기로 끈적해지기까지 오래 걸리지 않았다. 오영은 뒤엉킨 두 장의 그림자를 내려다봐야 했다.

왜 아무도 언질을 안 한 걸까, 그녀에게만 그러려니 했던 내 탓일까, 분명히 애들 사이의 연인 관계를 진작에 뙜다고 생각했는데, 차라리 반찬 그릇들 싸맨 보자기를 던질까, 그래야 엿 먹은 느낌이 들려나, 오영은 폐부로 찔러 들어오는 찬 공기를 그저 내뒀다.

그렇게 자취방 방향의 어두운 길목에 들어섰던 것이었다. 주정뱅이의 깨진 소주병들을 지그시 보며 오영은 생각했다. 나의 영혼은 잔잔히 피고 덧없이 지는 교정의 란타나와 같으리라, 오영은 꼿꼿이 나아갔다.

디데이 당일이었다. 흰 가스 속에 파묻힌 덩어리들이 격렬히 꿈틀거렸다. 후문에서 사수대원들을 무릎 꿇리고 온 오영은 뿌리치는 족속들에게 따귀를 올려치거나 다리를 걸었다. 허리춤의 무전기로 넘어온 수신음에 슬슬 뛰기 시작했다.

계단 아래로 헛디딘 사회국 차장의 얼굴을 걷어찼다. 선전국 차장의 머리채를 쥐어 벽에 밀쳤다. 옥상 방향 계단을 에워싼 같은 학번 새내기들이 '오영이 형'과 '오영 오빠'를 목 놓아 외치고 있었다. 오영은 머뭇거리지 않았다. 뻗은 팔들을 하나씩 밀어내고 꺾었다.

옥상 출입문이 열렸다. 태주와 총학생회 간부들이 선배 수사관들 앞에서 무릎 꿇고 있었다. 미선의 위치를 그 누구도 불지 않는 상황이었다. 방독면을 벗은 오영은 태주의 어깨를 걷어찼다. 마저 그의 얼굴을 후려치고 멱살을 잡았다. 죽여도 이상할 것 없이 이글거렸다.

"유미선 어디 있어."

"좆 까, 프락치 새끼야."

헛웃음 나온 오영은 태주의 쇄골을 엄지로 짓눌렀다. 분질러 버릴 기세인 모습을 본 모두가 굳어버렸다. 끝내 선배 수사관들도 그만하라며 몸을 붙잡았다. 오영은 고온으로 끓어오르는 소리를 쏟아냈다.

그때, 무전기로 또 수신음이 들려왔다.

"김오영, 김오영!"

바람에 부대낀 집주인의 목소리였다. 오영은 자신을 겨우 떨어뜨린 선배 수사관들의 손을 잡고 일어났다. 입가에 맺힌 침을 닦았다. 숨 고를 틈 없이 무전기를 꺼냈다.

"유미선 인계받았어. 정리 마치고 복귀해."

무전 내용을 들은 총학생회 간부들이 눈물을 흘렸다. 고개 돌려 잔기침 뱉은 오영은 다시 무전기에 입을 갖다 댔다.

"어디서 잡으셨어요……?"

"서울역, 동해 방향 승강장. 왜?"

"아…… 예, 알겠습니다……."

미선은 정말 그곳에 있었다. 무전기를 허리춤에 꽂은 오영은 총학생회 간부들을 줄줄이 앞장세웠다. 선배 수사관들처럼 그들의 머리를 후려치고 허벅지를 걷어차며 밖으로 나갔다.

기침하는 사수대원들이 닭장차에 실렸다. 고개 숙인 간부들은 각각 봉고차에 박혔다. 냉랭함을 되찾은 오영은 세단 운전석으로 들어갔다. 뒤늦게 룸미러에 뜬 얼굴을 봤다. 말라붙은 눈물자국에 짧은 헛웃음이 나왔다. 조수석 글로브 박스를 열어 생수한 병을 꺼냈다. 뚜껑을 돌려 따자마자 정수리에 부어버렸다. 두껍고 얇은 물줄기를 느지막이 닦아냈다. 먼저 떠나는 닭장차와 봉고차들이 보였다. 흐린 하늘 사이로 떨어지는 가랑비가 한 방울씩 앞유리창을 두드렸다. 오영은 핸들 가죽의 실밥을 잡아 뜯었다.

굵은 빗줄기가 대공분실 조사실의 쪽창으로 들이치는 중이었다. 오영은 미선과 마주하고 있었다. 그녀의 두 눈엔 묽은 눈물이 고였다. 두꺼운 서류철만 넘긴 오영은 타자기를 가슴 가까이 당겼다.

"이름이랑 나이."

미선이 말하지 않더라도 오영은 타자기를 두드렸다. 그러더니 어금니를 깨문 그녀가 입을 열었다.

"후련하니?"

"주소."

"야……!"

타자기를 옆으로 민 오영은 구겨진 담뱃갑을 재떨이에 담아 미선 가까이 갖다 놓았다. 정작 그녀는 한 개비도 꺼내지 않았다.

"후련하냐고……."

오영은 무르팍의 가루 자국만을 내려다봤다. 승모근이 슬슬 무거워졌다. 미선의 억누른 숨이 터지려 했다. 그럼에도 오영은 그저 다른 곳으로 시선을 돌릴 뿐이었다.

빗줄기가 잦아들긴커녕 더 세차졌다. 손등에 닭살이 돋았다. 입 밖으로 옅은 입김이 샜다. 쪽창 너머의 하늘은 서서히 어둠에 닫혀갔다. 일어난 오영은 조사실을 나갔다. 다른 수사관들을 들였다.

책상에 올라가라, 꿇어라, 오영은 등졌다. 숱한 비명과 마찰음으로부터 멀어졌다.

보통 사람의 위대한 시대라는 마지막 겨울이 신림동 고지대를 얼린 날씨였다. 여러 해를 보낸 오영은 과장이 뒤에서 보내준 관악경찰서 정보과에 제법 적응했다. 이른바 '참된 삶'을 겁도 없이 가르치는 대학생을 갈군 후, 요시찰 하라는 대상의 집 근처로 언제나처럼 차를 세웠다. 물론 오영은 운전석 문까지 열 마음이 없었다. 언젠가부터 요시찰 대상이 지나갈 때면 중화제 냄새가 찬바람에 실리기 때문이었다.

반지하 방에서 혼자 사는 모양새는 아니었다. 요시찰 대상은 누굴 먹이고 재우며 근근이 버티는 움직임이었다. 오영은 차라리 문 앞에 있는 장독 아래의 열쇠로 따고 들어가려 했다. 그러나 앓는 인기척이 분명 들려왔기에 가깝고도 먼 곳에서의 잠복이 최선이었다. 그래서 오영은 일정 시간마다 공중전화 부스로 향하는 틈을 소중히 여겼다.

수화기 들고 동전을 넣으려는 차, 오영은 김 서린 유리창 너머로 익숙한 얼굴들을 봤다. 도문대학교 총학생회 간부였던 세 명이 반지하 방으로 들어가고 있었다. 오영은 침착히 버튼을 눌렀다.

"관악서 김오영인데, 지서 인원들 몇 명만 지원해 줘……. 정치 사범들 떴거든? 여기 실로암 상회 앞이야. 최대한 빨리."

오영은 수화기를 내려놓았다. 홀스터 허리춤의 삼단봉 손잡이를 잡았다. 공중전화 부스 밖으로 나와 삼단봉을 휘둘러 펼쳤다.

오영은 반지하 방 202호 앞으로 갔다. 손에 쥔 벽돌로 문손잡이를 내려쳐 부쉈다. 들어가자마자 총학생회 간부들을 삼단봉으로 사정없이 가격했다. 그걸로 모자라 일어나려는 이의 안다리를 걸어 넘어뜨렸다. 알람 시계를 휘두르는 이의 손목도 꺾었다. 발목을 붙잡는 이의 얼굴까지 걷어찼다.

쏟아진 인스턴트커피가 두꺼운 이불 끄트머리로 흘렀다. 보일러 꺼진 냉골의 정적 속에서 실로 오랜만이었다. 오영은 긴 머리카락을 볶은 미선의 야윈 얼굴을 똑바로 봤다. 그러나 그녀는 새끼를 지키는 어미 호랑이의 맹렬한 눈빛을 띠고, 반쯤 정신 나간 행색으로 방 모서리에 쭈그린 태주를 에워싸고 있었다.

오영은 암만 고성을 질러 봐야 달라질 게 없음을 깨달았다. 삼단봉을 접고 미선 앞에 무릎 꿇었다.

"관악경찰서에서 왔습니다……. 유미선 씨, 당신 이제부터 이러시면 안 됩니다. 아시겠죠? 사상 전향서요, 그거 그냥 종이가 아닙니다. 그거 효력 있는 겁니다……. 그러니까 한 번만 더 가족들 제외한 다른 사람들 부르거나 하시면…… 그땐 제 선에서도 못 도와드립니다."

미선에게 대공분실 조사실에서 봤던 표정이 올라왔다. 정체를 캐물었을 때의 치민 그 울분이었다.

"개새끼야……."

오영은 미선의 나직한 한마디에 주먹을 쥐었다.

"이해하신 걸로 알겠습니다……."

지서 경찰들이 들어왔다. 자리에서 일어난 오영은 아파하는 세 명을 가리켰다. 저 둘은 아니고, 얘네 셋만, 확실히 일러주기까지 했다. 오영은 먼저 밖으로 나갔다. 경찰차에 세 명을 욱여넣는 모습을 보며 담뱃갑을 꺼냈다.

경찰차가 떠났다. 흰 눈 조각이 손등에 내려앉았다. 검어진 하늘이 하얗게 수 놓일 모양이었다. 오영은 주차된 자신의 세단 쪽으로 고개를 돌렸다. 조수석 차창이 조금 열려있었다. 짧아지지 않은 담배를 길바닥에 버리며 발을 떼는 순간, 뒤에서 살며시 다가온 미선이 등을 끌어안자 굳어버리고 말았다. 검은 볼펜이 꽂힌 오른쪽 옆구리에서 피가 왈칵거렸다.

등 뒤로 흐느낌이 들려왔다. 끝내 눈물 맺힌 오영은 가슴께를 토닥이는 그녀의 왼손을 부드러이 잡았다. 다리에 힘이 풀려 함께 주저앉았다. 차라리 함박눈이 내리 쌓여 움직일 수 없다면, 비로소 뒤엉킨 우리가 하얗게 가려질 거라고, 오영은 믿고 싶었다.

전봇대의 주홍빛 아래로 탁한 진눈깨비가 넘어왔다. 고요히 휘날렸다.

제3의 얼굴들

第 3 회　형사조정

「흔들리는 그림자」 코멘터리

- 「흔들리는 그림자」는 정치권 안팎에서 활동하는 제 또래들과 중장년
들, 즉 MZ세대 및 86세대 인사들을 비교 및 관찰하며 구상했습니다.

- 작중 주 시대 배경은 1985년입니다. 당시 제12대 국회의원 선거에서
신한민주당이 제1야당에 등극했습니다. 이에 따라 형성된 유화 국면
속에서 학생 운동과 노동 운동이 자주 일어났고, 전두환 정권이 학원
안정법 제정 시도와 더불어 공안 사건을 조작했던 때입니다.

- 도문대학교 총학생회가 여당의 지구당을 점거한다는 설정은 80년대
에 일어났던 농성 사건들을 일부 참고했습니다. 소설은 실제 사건들
과 아무런 연관이 없습니다.

- 도문대학교는 수원과 안산 사이에 있습니다. 자취방과 하숙집은 수
원에 몰려 있습니다. 아울러 도문대학교 내부는 'NL' 또는 '민족해방
노선'이라 불리는 운동권 계열이 다수입니다. 대표적인 구호는 '자주
도문'입니다.

- 인물들이 피우는 담배는 아리랑, 장미, 은하수, 거북선입니다. 오영은
아리랑, 미선은 아리랑과 장미, 집주인과 학원과장을 비롯한 국가안
전기획부 수사관들은 은하수 또는 거북선을 애용합니다.

- 작중에서는 운동권 무장 조직을 뜻하는 '전조'와 '소크'라는 은어들 대신 국어사전에 수록된 '사수대'를 채택했습니다.

- 소설을 쓰며 봤던 영화들은 베르나르도 베르톨루치의 <순응자>, 왕가위의 <화양연화>, 이안의 <색, 계>, 오승욱의 <무뢰한>, 박찬욱의 <헤어질 결심>입니다.

- 등장하는 인물, 사건, 제품, 단체 등은 허구임을 밝힙니다.

문세영의 경우

제3의 얼굴들

제

3

장

실외기 도는 상가 건물 틈, 짝다리 짚은 세영은 담배 연기를 내뿜다 눈썹이 일그러졌다. 미니클래스 손가방의 새카만 손잡이를 팔에 걸었다. 휘날리는 머리카락을 넘기고 담뱃갑의 큼지막한 알파벳을 괜스레 내려다봤다. 끝내 세영은 아직 긴 담배를 건물 외벽에 비벼 껐다. 널찍한 모조 대리석의 그을림이 티끌처럼 보였다. 머플러처럼 붉어진 코를 훌쩍이며 쾌청한 대로를 힐끗댄 후, 세영은 그을림을 대충 쓸어내리곤 아랫입술을 깨물었다. 출근하기 싫거나 아랫배가 살살 당겨올 때면 나오는 그녀만의 입력된 버릇이었다.

미니클래스가 굴지의 학습지 업체로 거듭난 지 30년을 맞이했다. 방문 관리 교사직이 4년제 졸업자에게만 열려있지 않았기에 가능했다. 정규 교과목에 대한 이해와 사명감을 지녔다면 전문대 졸업자도 지원할 수 있었고, 때마침 세영은 방송연예과의 교육 과정을 마쳤으나 미리 스트리머가 된 친구들에게 밀린 상황에서, 미니클래스의 교사 구직 정보는 남다른 기회였다.

세영은 면접을 수월히 통과했다. 수학과 영어 실력이 썩 좋지 않았지만, 입사 지원이 폭증했던 과거와 달리 젊은 교사가 없었던 까닭이었다. 미니클래스 수원사업국 제7지국 A팀이 그녀가 배속된 곳이었다. 외환위기 때부터 근무한 팀장들과 선배 교사들의 예쁨을 독차지할 만큼, 미니클래스만의 교재 구성과 적용 방식, 회비 납부 절차를 이틀 내로 터득했다. 그뿐 아니었다. 새로 개설된 과목과 태블릿 교재 패키지를 학부모들에게 너끈히 팔았다. 젊은 교사라는 이미지는 학생들의 누나 또는 언니 같은 설렘과 친근함의 뿌리였다. 오죽하면 회원의 동생이자 두 돌 된 남아가 세영만 봤다 하면 가지 말라며 안겼고, 근무일이 평일 중 사흘인데도 회원 수와 과목 수가 장기근속자의 데이터에 맞먹

제3의 얼굴들

었다.

어제였다. 세영은 수원사업국의 가림막 속에서 키보드 두드리는 직원들에게 눈인사를 건네던 중, 사업국장의 손짓에 조금 높아진 목소리로 대답하며 회의실로 들어갔다.

세영은 사업국장과 마주 앉자마자 근황을 주고받았다. 방송연예과 출신이라 볼 때마다 예뻐진다, 부럽다, 젊은 게 최고다, 라는 덕담 두 마디도 빠지지 않았다. 그러고 나서 사업국장이 서류철을 건넸다. 세영의 이름이 하단에 기재된 일일 회원 현황이었다.

읽어보라며 넘기니, 중간 지점에서 휘었다 수평을 유지하는 데이터였다. 휜 지점에 마이너스 삼이 적혀있었다. 과목 수 데이터가 아니다, 세영쌤의 회원 수만 정리한 데이터다, 정확히 세 명이 빠진 상태더라, 무덤덤한 세영은 그저 고개만 끄덕였다. 의아해진 사업국장이 거기 세 명 중에서 세영쌤을 누나로 대하는 그 친구도 있다고 말했다. 세영은 얼굴 하나가 스쳤다. 그제야 한 박자 쉬고 놀란 기색을 내보였다. 성인 단계의 숙제를 한 장도 안 빼고 풀던 친구라 아쉽게 됐다기에, 여섯 번째 독대가 승인된 이유를 알아차린 세영은 당장 할 수 있는 게 없잖냐고 물었다.

그러나 사업국장의 답은 달랐다. 떠난 인연일지라도 돌아오는 부메랑처럼 잡으면 요긴히 쓰인다는 것, 세영쌤 마음을 모르지 않았다는 것, 이른 나이서부터 열심히 활동하는 중임을 안다는 것, 고로 퇴회한 회원 셋을 사흘 내로 복회[6]시키면 미니클래스 청년 홍보대사 임명을 논의하겠다는 것, 세영은 볼에 스민 간지러움을 겨우 참았다. 서류철을 덮으며 잘 알겠다고 말한 건 덤이었다.

바닥에 나앉은 늙은 노숙자가 빤히 보든 말든 상관없었다. 세영은 머금었던 구강청결제를 화단의 관목 사이로 뱉었다. 워낙 야위고 창백한 터라 인파 속에서 목만 붕 떠오른 것 같았다.

세영이 나아갈수록 핸드폰 지도의 화살표 아이콘도 맞춰 움직였다. 정작 세영은 욕설을 뻐끔거리며 멈칫하길 반복했다. 새로고침 아이콘을 눌렀다. 목적지로부터 반대 방향에 낀 상태였다. 적어도 마흔 걸음은 더 웃도는 거리였다. 세영은 등이 따끔거릴 만큼 짜증이 밀려왔으나 하는 수 없이 몸을 돌렸다. 전철역 앞 사거리에 걸린 원내 정당들의 현수막을 또 지나쳤다. 현직 국회의원과 당협위원장의 주름진 얼굴을 올려다봤다. 늙은 저들

6   학습지 따위를 관뒀다가 다시 하는 것.

도 초년엔 나처럼 고생했을까, 어느 쪽이든 꽤 유복한 집에서들 컸겠지, 세영은 안 들리는 혼잣말을 뇌까렸다.

세영은 상가 주택 1층의 분식집 앞에 도착했다. 통유리창 너머로 돈통을 만지는 남준 엄마와 마주쳤다. 곧 테이블에 적당히 썰린 김밥 한 줄과 어묵 국물이 올라왔다.

"감사합니다."

"쌤, 왜 점점 살이 빠지세요?"

어묵 국물 한 모금을 축인 세영은 남준 엄마의 질문에 싱긋 웃었다.

"제가요, 그렇지 않아도 요 며칠 동안 아팠어요. 나은 지 얼마 안 됐네요. 어머님, 우선 정말로 감사드려요. 바쁘실 텐데 시간 내주셔서."

"남준이 얘가 쌤을 많이 보고 싶어 해요. 오늘은 학교도 안 간다고 하길래 제가 그냥 보내버렸거든요. 아빠 닮아서 그런지, 글쎄, 얘가 미니클래스 관둘 때였나? 쌤 안 가게 하려면 승진시켜야 한다고, 과목 더 늘리자고, 그런 말을 했던 게 몇 달 아른거렸죠."

세영은 골똘해졌다.

"승진이요?"

"왜, 그, 과목 늘면 가는 길이 편해지신다고, 언제 남준이가 장난치길래 말씀하셨다고, 네."

그 당시가 갓 떠오른 세영은 입을 가리고 웃으며 말했다.

"아아, 네, 맞아요. 계속 스마트 교재에다 수학은 나빠, 뭐, 이런 낙서를 쓴 적이 있어요, 언제 한 번. 그걸 한자 교재에다 쓰니까 그런 말을 한 적이 있거든요. 남준이가 그걸 아직도 기억하나 봐요."

"어우, 죄송해요."

남준 엄마도 얼굴을 비비며 웃음을 가라앉혔다.

"괜찮습니다. 어머님께서 어떻게 들으실지 모르겠지만, 담당 구역 애기들 사이에서 남준이 생각이 많이 났어요. 남준이가 좀 짓궂더라도 저한테는 조카 같은 애고, 아홉 살 아이가 한자 중등 단계를 푸는 경우는 드물어요. 제가 데이터 보면서 놀랐으니까요. 무엇보다 요즘 학교가 저 어릴 때랑은 다르게 한자를 정규 과목으로 안 가르치니까 남준이가 미니클래스를 계속하길 바랐어요. 어머님께서도 아시는 것처럼 언어는 제가 자신 있으니까요. 그래서 남준이가 복회하는 방향으로 결정하는 게 어떠실까, 지금이 타이밍 괜찮으니까, 이런 마음으로 이렇게 말씀드려요."

벽에 붙은 메뉴판과 숟가락에 비친 얼굴을 보다가 겨우 꺼낸

제3의 얼굴들

세영의 제안이었다. 엷은 미소를 지은 남준 엄마가 조심스레 말했다.

"저희가 사실은 조만간 장사를 접어요. 솔직히 말씀드리면 선생님이 오늘 첫 손님이세요. 배달 기사님들이랑도 엊그제에 다 인사드렸어요."

세영은 되물으려다 말았다. 남준 엄마가 말을 이었다.

"과목을 줄일 생각을 하다가 수학 학원을 보낸 거였어요. 저도 선생님이 어떤 분이신지 잘 알죠. 그런데 수학은 요즘 애들이랑 맞춰서 학원을 보내는 게…… 저하고 애 아빠는 그게 나을 것 같았거든요."

남준 엄마의 목소리가 끝에 가서 작아졌다. 조심스레 고개를 끄덕인 세영은 미니클래스 태블릿을 꺼냈다. 밝아진 화면 위로 교사용 라이브러리의 회비 계산기를 띄웠다. 세영은 국어와 한자를 먼저 눌렀다.

"남준이가 원래 공부했던 두 과목이 이 가격으로 나와요. 요즘 애기들이 나중에 수능 볼 때면 과학 성적이 중요해질 거예요. 그래서 만약에 어머님께서 과학까지 추가하신다, 그러면 보시는 대로 과목별 회비가 이천 원씩 깎여요."

세영의 터치 서너 번으로 할인이 적용된 회비 가격대가 뜨자 남준 엄마의 눈동자가 커졌다. 그 표정을 본 세영은 조용히 왼쪽 보조개만 팠다.

"본사에서 회비 할인 제도를 또 업데이트했어요. 그래서 제가 아까 말씀드린 것처럼 지금이 기회란 거고요. 제가 수학 학원 보내시는 것까진 손댈 수 없지만, 이 회비로 나머지 과목을 공부하는 게 –"

"낫죠! 확실히!"

"예, 그렇죠, 그리고 남준이는 과학까지 제가 다 관리할 수 있습니다. 과학 기초를 지금부터 딱 잡아야 내년에 고생을 덜 할 거예요. 국어랑 한자를 같이 하니까 과학 지문 읽을 때도 능숙하게 받힐 수 있는 거죠."

세영은 남준 엄마를 향해 상체를 앞으로 당겼다.

"어머님, 솔직히 우리말이 전부 한자잖아요. 국어에도 어려운 표현 많고요. 아까 제가 말씀드렸죠, 언어는 정말 자신 있다고."

세영은 끌어올린 열기 그대로 남준 엄마를 똑바로 봤다. 남준 엄마의 입 밖으로 엉킨 말들이 막 터지려 했다. 이때다 싶은 세영은 회비 계산기 빈칸에 수학을 추가했다.

"종합학원 회비보다 쌉니다, 수학까지 추가하신다면요. 수학도 너무 걱정하지 마세요. 이번에 교재 구성을 전면 개편해서 현행 교육 과정이랑 판박이입니다."

"복회하겠습니다."

세영은 남준 엄마에게 정중히 고개를 숙이고 등받이에 기댔다. 긴장 풀린 나머지 앓는 소리를 냈다. 어깨를 주무르며 맥없는 웃음에 맞춰 몸을 들썩였다. 남준 엄마도 세영을 보며 웃었다.

"남준이 잘 부탁드려요. 또 어디 움직이세요?"

세영은 김밥 한 조각을 입에 넣었다. 조금 씹고 나서 말했다.

"네, 내일은 도희 어머님도 뵐 예정이에요."

"도희 엄마가 쉽지 않을 텐데……. 아, 무진이도 미니클래스 하지 않았나요?"

그 이름을 들은 세영은 이번엔 어색한 미소로 옅게 웃었다.

"네, 맞아요. 무진이도……. 만나야죠, 걔는 특히……."

"제 배 아파 낳은 애는 아니어도 남준이한테 형이 있다면 딱 무진이 같은 애였으면 하거든요. 착하지. 별안간에 정이 좀 들어서."

시선을 내리깐 세영은 김밥 한 개를 넣고 우물거렸다. 다 씹을 즈음에 입을 가리고 말했다.

"무진이가 어머님 식당 단골인가요?"

남준 엄마가 고개를 끄덕였다.

"단골은 맞아요. 그런데 시에서 지원해 주는 그거라, 그냥 때마다 오는 애겠거니 했어요. 그런데 무진이가 어느 날에 밥 다 먹고 남준이 숙제를 도와줘요. 쉬는 날엔 놀아주기까지 해. 애 아빠도 무진이는 반찬 더 주라고 할 정도로. 그리고 무진이도 우리 세영쌤 제자라네? 저랑 수다 떨면서 알았거든요. 쌤 칭찬을 무지하게 해요. 포근한 사람이래, 쌤더러. 만약에 쌤이 스트리머였으면 구독 취소 안 했을 거라고 했거든."

젓가락질을 멈칫한 세영은 김밥 접시의 썰린 채소들을 내려다봤다. 남준을 챙기거나 수다 떨었던 그를 상상할수록 표정이 가라앉았다. 세영은 옅은 콧김을 내뿜으며 말했다.

"제가 그 아이한테 당장 뭘 해줄 수 있는 게 없어요."

고개를 갸웃한 남준 엄마가 바로 미소 지으며 말했다.

"뭐, 꼭 뭘 해줘야 하나요? 다 컸는데."

아차 싶은 세영은 젓가락 쥔 손을 어쩔 줄 몰라 했다.

"아, 네, 하긴. 무진이 밥은 잘 챙겨 먹나요?"

"애가 요즘엔 통 안 와요. 성당엔 나가나? 쌤, 혹시 무진이랑 연락해 보셨어요?"

세영은 머뭇거리다 답했다.

"어, 그, 네, 최근에도……."

"아, 그래요? 이상하네, 답이 없던데……."

남준 엄마의 나직한 말이었다. 세영이 흠칫했다.

"남준이랑 싸운 건 아니죠?"

세영은 장난스러운 투로 물었다.

"아뇨, 왜 싸우겠어요. 싸우진 않았어요. 한 달 전부터 문자가 읽음으로 안 떠서요."

세영은 남준 엄마가 말한 시간대를 되뇌다 말았다. 해맑은 표정으로 갈아 끼웠다.

"일단 알겠습니다. 전자 계약서는 제가 이따 문자로 보내드리겠습니다."

세영은 혀끝으로 앞니를 건드렸다. 나머지 둘에게 어떤 말을 쓸 건지, 귀갓길에 광역버스와 전철 중에서 무엇을 탈 건지, 늦은 저녁은 뭘 먹을 건지, 특히 무진은 왜 나에게마저 연락을 안 하는 건지, 아랫입술을 살며시 깨물었다.

책상용 스탠드의 환한 빛 속으로 담배 연기가 넘실거렸다. 노트북 화면에 꽉 찬 소셜미디어 게시물 작성란의 커서가 깜박거렸다. 세영은 재떨이에 비스듬히 담배를 얹었다. 키보드를 두드릴수록 장황한 문장들이 새겨져 갔다.

방송연예과 출신의 학습지 교사라는 독특한 방향 덕에 소규

모 강연 의뢰가 많이 들어왔고, 에세이 집필 작업이 첩첩산중이라도 기쁜 마음으로 발표 대본 작성을 병행 중이라는 것, 땡땡이 치는 마음으로 코인노래방에 가고 싶지만, 티끌에서 태산으로 커지는 과정임을 결코 믿어 의심치 않는다는 것, 나를 지지하는 친구들과 가족들, 귀여운 아이들의 기를 받으며 오늘을 마무리한다는 내용이었다. 세영은 업로드 아이콘을 눌렀다. 게시물에 반응을 남긴 이용자들이 각진 알림창으로 떠올랐다.

곧이어 핸드폰 진동이 울렸다. 세영은 긴 진동이 정확히 두 번 울리고 나서 수신 아이콘을 밀었다. 귀 가까이에 핸드폰을 붙였다.

"네."

"최남준 복회 완료."

A팀장의 목소리였다. 세영은 새로 꺼낸 담배 한 개비에 라이터 불을 지졌다. 첫 모금의 흐릿한 연기를 내뱉었다.

"뭐야, 왜 한숨 쉬어?"

A팀장의 질문에 세영은 정수리를 긁으며 말했다.

"팀장님, 혹시 무진이랑 연락 닿은 적 있으세요? 루도비카 수녀님도 연락이 아예 안 닿나요?"

"안 해봐서 모르겠네. 수녀님이 찬미 예수님, 이러면서 좋은 말씀도 주셨는데, 그 연락 안 온 지도 꽤 됐지."

세영은 한쪽 눈썹을 치켰다.

"수녀님이 그런 문자도 하셨어요?"

"그랬지. 그런데 왜?"

세영은 눈동자를 굴렸다.

"그, 어, 아뇨, 혹시나 번호 바뀌었나 해서요."

"잠깐만."

세영의 핸드폰 스피커로 A팀장이 화면을 두드리고 미는 소리가 넘어왔다.

"아냐, 안 바뀌었어. 그대로야."

"그래요?"

"둘 다 전화를 안 받는 거야?"

세영은 바로 뒤에 있는 싱크대 앞으로 섰다. 칼꽂이에 꽂힌 부엌칼 자루의 꽁무니를 만지작거렸다.

"아니, 그…… 뭐라 해야 하지, 뭐냐, 그…….."

"거기 성당 사람들한테 얘기해 보는 건? 그건 어떤데?"

세영은 재를 털고서 안 들리게 실소했다.

"그건 진짜 싫어요. 저 전에 한 번 성당 휴게실에서 수업한 적 있거든요? 무진이가 얘길 했나 봐요. 신도들이 제가 방연과 출신인 걸 아는 거예요. 핸드폰 들고 와서 자기들이 동영상 올릴 거니까 편집해달라 그러고……. 뭐만 했다 하면 무진이 장가가 겠네, 이런 말이나 하니까 연락 돌리면 또 의심하고 그러겠죠."

"어…… 아, 그래? 뭐, 장난치는 게 아닐까?"

세영은 나직이 나온 마지막 물음을 들었는데도 말을 이었다.

"사업국장도 시대가 언젠데 이런 심부름을 시켜요? 팀장님 말씀이 맞아요. 너무 옛날 사람이에요."

A팀장이 느지막이 입을 열었다.

"다 그런 거지, 뭐. 지국 팀장들도 죄다 고생이야……. 어, 그 리고 자기야, 청년 홍보대사 자리 말인데……."

골똘해져 눈 감았던 세영은 청년 홍보대사라는 단어가 귓전 에 꽂혔다. 싱크대 상단의 수납장 커버를 마주했다.

"이런 얘길 해도 될지는 모르겠지만, 있죠, 정 힘드시면 사업 국장한테 잘 말해서 미루는 건 어떤데요?"

세영은 싱크대 물기로 담배를 꾹 눌러 지졌다. 몸을 틀어 주머 니에 왼손을 찔러 넣었다. 날카로워진 눈매로 멀티탭 콘센트 옆 에 놓인 스테인리스 커피포트를 노려봤다. 서늘한 정적이 짧게 스친 이후, 세영은 가슴에서 부풀어 오르는 숨을 누르고 말했다.

"아닙니다, 괜찮습니다. 그거 하고 싶었어요. 간절하고요. 그 러니까 팀장님, 무진이나 수녀님께 뭐라도 뜨면 좀 알려줄 수 있으실까요? 부탁드릴게요."

세영은 A팀장의 답을 기다릴수록 입가에 경련이 일었다.

"알겠어요. 그럴게요."

얼굴에 힘을 푼 세영은 천천히 침대에 걸터앉았다.

"감사합니다. 고생 많으십니다."

"그래도 혹시나 막히시면 거기 성당 신도들한테도 꼭 물어봐요. 최대한 돌려서 말하면 장난 안 치겠지. 어린 학생 챙겨주는 어른이라 생각할 수도."

건조한 끝인사를 주고받은 후, 전화를 끊은 세영은 핸드폰 화면이 검어지자 자그마한 헛헛함이 올라왔다. 잠잠해진 노트북에 알림창이 또 떴다. 세영은 쏜살같이 책상으로 향해 소셜미디어에 접속했다. 그러나 조금이나마 솟았던 볼이 도로 처진 건, 한 달 전까지 댓글을 남겨줬던 무진의 이름이 알림창뿐 아니라 친구 명단에도 없기 때문이었다.

세영은 널찍한 띄어쓰기나 오탈자 없는 댓글, 이상한 뉘앙스의 농담 대신 동생뻘의 '드립'과 격려를 되찾고 싶었다. 그러나 안부와 취향을 나눴던 퍼스널 메시지 목록에조차 자신이 답을 미룬 내용을 제외하면, 지금의 무진은 이름 없는 회색 프로필 마크였다.

세영은 떠올렸다. 외로이 자란 무진을 돌봐줬던 루도비카 수녀의 미니클래스 입회 신청을 받은 후, 그가 사는 원룸에 처음 갔을 때였다. 건네받은 커피의 원두 향 대신 그의 비누 향이 은은히 감겼다. 가까이 마주한 소년의 쌍꺼풀 없는 눈과 매끈한 손이 눈동자에 담기고, 한 마디씩 꺼낼 때의 조심스러움이 낮은 목소리로 내리깔릴수록 콤팩트의 소형 거울을 힐끗댔다. 더구나 수요일 마지막 수업이었기에 세영은 늦은 밤이면 배고프다는 핑계로 그에게 밥을 사주곤 했다. 나중에 저소득층 노인들을 상대로 한글을 가르치고 싶다는 그의 꿈을 청해 들었다. 대체로 앳됐거나 매몰찼던 지난날의 또래 남자애들과는 달랐다. 외가 식구들 말마따나 싸지르고 도망쳤다는 누군가의 큰 빈칸이 채워진 느낌이었다. 이따금 어른스러운 그를 놀리고 싶어 '잼민이'처럼 굴었다. 결국 세영은 그의 해사한 미소에 홀렸다. 동네 골목을 걷다가 팔 사이로 과감히 손을 넣었다. 그가 귀엽다며 머리를 쓰다듬어주니 오랜만에 달아올랐다.

노래방에서 자신과 놀아준 그와의 시간이 온풍 맞는 얼음처럼 녹았지만, 마음 깊은 곳에서부터 도로 얼어붙기까지는 금방이었다. 몸과 얼굴이 반사되는 투명한 것들을 전부 부숴야 이상하리만치 시원할 것 같았다. 좋으면서 싫고 싫으면서 좋은 흐름

마저 격랑이 되어 굽이쳤다. 두근거림을 담은 속삭임 또한 더 이어가지 않았다. 언젠가 홧김에 어떤 말을 내뱉은 것 같았으나 턱뼈가 뜨거워지게끔 곱씹어도 찾을 수 없었다.

어느새 침대 수납장에 기대앉은 세영은 북극곰 인형을 와락 껴안았다. 이미 맥주 다섯 캔을 구겼다. 얼마 지나지 않아 마치 머릿속의 자물쇠를 딴 듯, 홍조 차오른 얼굴을 세차게 흔드는데도 좀처럼 몽롱함을 떨쳐내지 못했다. 좁은 원룸에서만큼은 세영의 그림자가 현관문으로 드리워질 뿐이었다.

점심이 갓 지날 무렵의 다음 날이었다. 세영은 빌라 밀집 구역의 초입에 들어섰다. 종량제 봉투에 내려앉은 서리들이 채 녹지 않은 와중, 세영은 음식물 쓰레기를 쪼아먹는 비둘기가 날갯짓하자 소스라쳤다.

"아, 씨발……."

인상을 구긴 세영은 담배 한 개비를 꺼내려다 집어넣을 수밖에 없었다. 외투 껴입은 여섯 살배기 도희가 빌라 앞에 쭈그려 앉아 있었기 때문이었다. 워낙 또렷이 눈을 마주한 터라 라이터 버튼을 누르기도 어려웠다. 이왕 만났으니 가까이 다가간 세영은 도희에게 손을 흔들었다. 두 팔 뻗은 도희와 껴안고서 볼 뿐뽀를 주고받았다.

벽 구석마다 옷가지들과 머리카락들이 엉켜 몰려 있었다. 부엌 테이블의 종이컵엔 구겨진 꽁초가 수북했다. 도희 엄마가 태블릿의 회비 계산 내용을 유심히 살피고 있었다. 세영은 네일 아트가 덧씌워진 그녀의 손톱을 빤히 보는 중이었다.

"한 대 피워요."

세영은 흠칫 고개를 들었다.

"괜찮아요. 한 대 피워."

도희 엄마의 편한 권유에 겸연쩍어졌는지, 세영은 밖에서 꺼내려다 말았던 한 개비를 천천히 물었다. 도희 엄마가 라이터까지 켜줬다. 세영은 연기를 고개 돌려 내뿜었다.

"특고직[7]이 참 지랄 같다, 그죠?"

우아한 목소리에 그렇지 않은 질문이었다. 세영은 잔기침이 나와버렸다.

"나도 한창땐 화장품 팔았어요. 자기 나이대가 알려나? 그런 게 있었어요. 그런데 쌤, 내가 궁금한 건요, 양육비야 전남편한테 지랄하면 되거든요? 퇴회한 사람을 잡는 진짜 이유가 궁금한 거예요. 알려줄래요?"

7   고객에게 직접 상품과 서비스를 제공하는 특수고용직의 줄임말.

세영은 도희 엄마가 쉽지 않다는 조언을 되뇌곤 목을 가다듬었다. 연기를 아래로 내뿜은 세영은 종이컵 안으로 담배를 지지며 말했다.

"어머님, 제가 일전에도 말씀드린 것처럼 도희는 아직 단어를 못 읽습니다. 물론 여섯 살이면 아직은 멀었어요. 저도 어릴 땐 읽기를 어려워했으니까요. 그러나 저는, 도희가 한글을 더 일찍 떼서 –"

"그런 거 말고."

세영은 멈칫했다. 도희 엄마가 더 비집었다.

"알아요. 아직 한글 떼려면 멀었어요."

도통 쉽지 않다는 게 무엇인지 막 알았으니, 세영은 진실을 말해야겠다고 바꾼 듯했다. 머릿속으로 진작에 작성했던 영업 멘트를 단숨에 지웠다.

"저는 미니클래스의 청년 홍보대사가 되고 싶습니다. 회사를 대표하는 얼굴이자 아이들의 교육적인 친구가 되고 싶습니다. 그래서 저는 더 친근해지려고 합니다. 공교육이 하지 않는 믿음과 기다림을 미니클래스가 주도한다는 것을 제가 알릴 겁니다. 어머님께서 힘을 보태주신다면 저는 오늘을 절대 잊지 않겠습니다. 부탁드립니다."

세영의 말이 끝났다. 담배 한 개비에 불을 붙인 도희 엄마가 엄지로 볼을 긁으며 팔짱을 꼈다. 세영은 테이블에 올린 깍지 낀 손을 부러질 정도로 꼼지락거렸다.

"잘 들었어요. 애진작에 그렇게 말하지."

세영은 안 들리는 한숨을 내쉬었다.

"그런데 그런 거 말고요."

도희 엄마의 또 다른 비집음에 세영은 더 이상 긴장을 감출 수 없었다. 동공이 흔들리는 만큼 귀가 점점 먹먹해졌다. 연신 침을 삼켜도 귓구멍이 뚫리지 않았다.

도희 엄마가 입을 열었다.

"청년 홍보대사가 되려는 진짜 이유요."

세영은 애써 보조개를 팠다.

"원치 않으시면 이만 일어나 보겠 –"

"내 딸내미 가르칠 선생이 어떤 사람이고, 어떤 생각을 지녔는지 알아야 돕죠. 내가 못난 엄마인 거 잘 아는데, 문 선생님, 이 세상에 공것이 있던가요? 단 한 번도 없었어요, 내 인생에서도요. 젊더라도 선생님 삶은 두 다리 뻗기 편하셨던가요?"

외려 치고 들어가면 분명 높아질 기세의 목소리였다. 딸내미 가르칠 선생, 못난 엄마, 공것, 이 단어들을 귀담은 세영은 새로운 멘트를 입력했다. 그리고 벽걸이 시계의 시침이 반 바퀴 돌자 끈적해진 입술을 뗐다.

"못난 어머니셨다면 제게 질문 안 하셨을 겁니다."

도희 엄마가 신발장 보던 눈을 세영에게 돌렸다. 세영이 말을 이었다.

"어머님께서 잘 아시는 대로 저는 공것을 얻으려고 발악하는 게 아닙니다. 따님 가르칠 저는요, 도희의 언니 같은 사람이 될 저는요, 우상이 되고 싶어요. 방금 말씀드린 그 우상이란, 조금 더 다정하고 자애로운 우상입니다."

세영은 불그스름해지는 도희 엄마의 눈망울을 제대로 봤다.

"어머님, 저도 사실 맞으면서 컸어요. 학교든 학원이든 집이든, 애들 때리는 미친 인간들 많았어요. 최소한 학습지 교사는 그러면 안 되고, 저도 그럴 마음이 없어요. 도희 처음 봤을 때부터 알았어요. 저랑 너무 닮았어요, 도희. 그러니까…… 제가 도희의 아이돌이 되겠습니다. 정말 자신 있습니다. 간절히 부탁드립니다. 저부터 잘하겠습니다. 부탁드립니다."

도희 엄마가 눈물 한 방울을 떨구었다. 코를 훌쩍이며 갈라진 목소리로 전자 계약서를 요구했다. 세영은 번지려는 웃음기를 참고자 움찔거리는 입꼬리를 가까스로 굳혔다. 아직 젊어서 월

경통 오면 아플 텐데 생리대는 갖고 다니냐, 라는 질문과 더불어 각진 두 개를 도희 엄마가 내밀었다. 입꼬리가 내려간 세영은 멍하니 생리대들을 내려다보기만 했다. 왼쪽 눈꺼풀이 발에 밟힌 나방처럼 꿈틀댔다.

"씨발. 하, 씨발, 씨발, 씨발, 씨발, 지가 뭔데, 씨발……."

잰걸음으로 나아가는 세영은 옅은 입김을 내뿜으며 욕설을 중얼거렸다. 주공아파트 단지가 있는 오르막길 중턱에 멈춰 무릎 굽혀 앉았다. 뒤틀리는 손가락을 머리카락 속에 쑤셔 넣었다. 박박 긁는 걸로 모자라 더 세게 문질렀다. 헝클어지기까지 했으나 그런 줄도 몰랐다. 입만 벌려 침묵의 고함을 쏟아냈다.

오르막길 구석의 서리가 녹기에 이르렀다. 세영은 격해진 숨을 서서히 가라앉혔다. 침을 삼켰다. 천천히 무릎을 폈다. 고개 돌린 먼발치엔 첨탑 위의 십자가가 우뚝 서 있었다. 긴 구름 사이로 내려온 오후의 햇살이 세영의 가슴팍 한가운데에 박혔다.

"그놈의 자식, 요즘 성당도 안 와요."

"루도비카 수녀님 아프고 나서 유난히 그러네."

"어유, 새끼, 참……."

"전화는 받아?"

"받긴 받지. 그런데 애 목소리가 다 상했지, 뭐."

휴게실 원탁에 둘러앉은 사목회 어른들 다섯이 인스턴트커피를 홀짝이며 한 마디씩 얹었다. 세영은 루도비카 수녀의 입원을 처음 듣는 기색이었다.

"수녀님이 아프신 거예요?"

세영의 질문에 사목회 어른들의 시선이 그녀에게 몰렸다. 당황한 세영을 보고 동시에 아차 싶어들 말했다.

"아이고, 맞다, 신도가 아니시지."

"미안해요. 우리가 다 늙어서. 이따가 무진이한테 전화 한 번 걸어 볼게요. 예쁜 누나 왔다 갔다고 하면 좋아하겠네."

"어유, 이런 선생님이 어디 있어?"

"감기 조심해요."

세영은 노곤한 표정으로 인사를 드리고 휴게실 별실로 걸음을 옮겼다. [나의 친우들]이라는 게시판에서 무진과의 셀카 한 장을 찾았다. 서로의 볼을 맞댔던 때가 기억나는데도 긴 회상 없이 각진 끄트머리를 잡아 벌렸다. 그래야 본인 얼굴을 가릴 수 있었다. 대신 무진의 맑은 얼굴이 일그러지기에, 냉랭한 기색의 세영은 벌린 부분을 놓아버렸다. 셀카의 모양이 원래대로 돌아오자 짤막한 조소를 콧김으로 뺐다.

불 꺼진 원룸, 재떨이에 박혀 젖어가는 담배들만 족히 여섯 개 비였다. 침대 수납장에 기대앉은 세영은 담배 연기를 내뿜고 있었다. 입을 다양한 모양으로 벌렸다. 진하고 옅은 연기가 냉장고 커버에 닿았다. 바닥을 긁는 긴 진동에 맞춰 핸드폰이 꿈틀거렸다. 세영은 전화를 받았다.

"네."

"쌤, 임도희 복회 완료됐거든? 그런데 도희 엄마가 나한테 쿠폰을 다 보냈네?"

A팀장이었다. 세영은 자세를 고쳐 앉으며 말했다.

"완전 이상한 아줌마예요. 제정신 아닌 것 같아요. 무슨 형사가 범인 심문하는 것도 아니고…… 왜 복회하는 거냐고 미친 듯이 물어요."

"더 심했다, 예전엔. 고생했어."

세영은 의자에 놓인 북극곰 인형을 노려봤다.

"팀장님, 혹시 무진이는요?"

"어, 그거 얘기해주려고."

재빨리 일어난 세영은 책상 앞에 서서 오갈 데 없는 손으로 노트북 마우스 선을 쥐락펴락했다. A팀장이 말했다.

"두세 시간 전인가, 무진이한테서 문자가 딱 왔어. 루도비카 수녀님이 아파서 경황이 없었더래. 학교 마치고 병원을 오갔나 봐. 그래서 세영쌤이 너 찾는 거 아냐고 물어봤어. 애가 모르는 낌새더라고. 그래서 세영쌤 전화 오면 우선 잘 받아라, 너한테 할 말이 있나 보다, 너 챙겨주려나 보다, 그랬더니 알았대. 전화 해 봐요."

눈을 질끈 감으며 안도의 한숨을 내쉰 세영은 갈라진 목소리로 답했다.

"아, 팀장님, 감사합니다……."

그러나 이번엔 A팀장도 긴 한숨을 내쉬었다. 세영의 표정이 순식간에 얼어붙었다.

"왜 그러세요?"

"그…… 무진이랑 무슨 일 있었던 건 아니지?"

세영은 다급히 손가락으로 책상을 두드렸다. A팀장이 말했다.

"노파심인데, 그런 경우가 있어. 남학생들이 그 나이엔 혈기가 좀 왕성해? 누나 같은 쌤 만나면 괜히 막 치대고 그런단 말이야. 그걸 좀 잘 끊어내는 게 중요하거든?"

세영은 주름 한 줄이 깊어진 이마를 긁었다. 급히 말을 자르려 했다.

"아니, 저, 팀장님."

"사규에 어긋나면 서로 힘들어져. 내가 좀 뒤숭숭해서 하는 말이니까 오해는 말고. 차라리 복회 말고 입회를 한 명 더 늘릴래? 최근에 소스 하나 건진 걸 자기한테 줄까 싶어. 안 받아도 크게 상관은 없는데, 자기 아직 젊잖아. 홍보대사 마지노선이 –"

세영은 이를 악물었으나 최대한 침착함을 머금고 답했다.

"아무 일도 없었습니다. 걔랑 아무 일도 없었어요. 일이 있었다면요, 제가 매달리지도 않았죠, 팀장님. 여태껏 제가 이 고생을 왜 한 거냐고요. 저 할 거예요, 청년 홍보대사. 팀장님도 잘해보라고 밀어주셨잖아요. 지국장님한테도 괜찮다고 허락받았는데 왜요? 문제없어요."

"그러면 무진이가 왜 자기 이름 얘기하니까 버벅거린 거야?"

묵직한 정적이 종아리와 발등을 짓눌렀다. 세영은 눈썹을 꾹 비빌 뿐이었다. 다리에 힘이 풀렸다.

"모르죠, 저야……. 아무 일도 없었다니까요……."

일단 알겠으니까 끊자는 A팀장의 말을 끝으로 세영은 기진맥진해진 채 핸드폰을 침대에 얹었다. 이마에 진땀이 다 맺혔다. 옷소매로 대강 닦아냈다. 고개를 들었다. 미소가 올라온 얼굴이었다. 세영은 침대로 뛰어들었다. 핸드폰 연락처 검색창에 무진의 이름을 쳤다. 그러나 세영은 검지를 발신 아이콘에 더 갖다

대지 않았다. 그렇게 한참을 뜸만 들이다 눈 딱 감고서 발신 아이콘을 눌렀다. 연결음이 길어졌다.

"여보세요."

연결되고 나서 들려온 무진의 낮은 목소리에 세영은 흉골이 내려앉는 것만 같았다.

"잘 지냈어?"

핸드폰 잡은 손이 떨려왔다. 무진이 답했다.

"네."

한 마디였다. 세영은 숨을 들이마셨다.

"내일 시간 돼? 잠깐 만나자."

"왜요?"

성난 투가 아닌데도 세영은 침대 밖으로 나와 꼿꼿이 섰다. 너 밥 먹이고 싶어서, 세영이 말했고, 항상 만났던 데에서 만나요, 길고도 짧은 침묵 끝에 무진이 답했다. 끝인사 없이 전화가 뚝 끊겼다. 핸드폰 화면이 검어졌다. 세영은 힘 빠진 두 손을 내려놓았다. 그래도 아직 마음이 있으니까 만나자는 거겠지, 오랜만에 뭐 하면서 놀아야 하나, 복회는 부탁하는 느낌으로 은근슬쩍 말해야겠네, 라는 입력된 혼잣말이 세영의 눈동자에서부터 침대 쪽 벽으로 영사됐다. 때마침 바깥의 가로등 불빛이 창문을 넘고 들어온 참이었다.

다음 날 저녁이 왔다. 무진도 개표구 바를 밀고 앞으로 성큼 왔다. 둥글었던 얼굴이 각져졌으나 하얀 피부와 여린 손, 살살 감기는 은은한 비누 향은 처음 만났던 그대로였다. 세영은 가슴 팍에서부터 고개를 들었다. 조심스레 무진의 얼굴을 올려다봤다. 평온한 기색이었다.

"더 컸네?"

세영은 미소라도 띄워봤다.

"밥 먹으러 가요."

무진도 엷은 미소를 올렸다. 보조개가 더 파인 세영은 그의 옷 소매를 잡아당겨 전철역 밖으로 나왔다. 거리낌 없이 팔짱을 꼈다. 무진의 옆얼굴을 봤다. 예전처럼 놀라는 반응을 기대했으나 그는 들썩임조차 없었다. 세영의 볼이 처졌지만, 서로의 엉킨 팔은 좀처럼 풀리지 않았다. 둘의 뒷모습이 두꺼운 인파 속으로 뭉쳐졌다.

각자의 숟가락으로 건더기를 휘저었다. 흰 국밥의 열기를 식히기만 했다. 곧 세영과 무진은 한 숟갈씩 젖은 밥알들을 입에 넣었다. 눈이 한 번이라도 마주칠 법했지만, 색 바랜 벽걸이 메뉴판이나 스테인리스로 둘러싸인 부엌으로 쏠리기 일쑤였다.

오물거리기도 십여 분이 지났을까, 무진이 입을 열었다.

"저 동아리 만들었어요."

신발 밑창이 울리자 흠칫한 세영은 내려오는 머리카락을 귀 뒤로 넘기며 되물었다.

"응? 어? 동아리?"

"네."

무진이 컵에 물을 따라줬다. 세영은 고맙다며 한 모금을 축였다.

"무슨 동아리?"

"문예 창작 동아리요. 제가 담당 선생님께 필요하다고 말씀드렸는데 동아리실 하나 최근에 생겼다고 하셨거든요? 저랑 애들한테 잘 쓰라고 주셨어요. 엊그제에는 후배들도 동아리 바꾼다면서 들어왔어요."

세영은 무진의 토씨가 다 들어왔는데도 딱히 관심 없다는 기색이었다. 젓가락으로 큰 깍두기 한 조각을 집었다. 무진의 국밥 그릇 안에 사뿐히 얹었다.

"저 무 못 먹어요, 쌤."

무진의 정색에 입이 벌어진 세영은 젓가락 쥔 손을 가만히 못 뒀다.

"아, 맞다. 미안."

"괜찮아요."

"진짜 미안."

세영은 다시 쥔 젓가락을 뻗었지만, 무진이 급히 숟가락으로 건져낸 깍두기를 빈 그릇에 내려놓았다. 하얘진 깍두기를 집어 먹은 세영은 의아해진 무진과 마주하곤 미소를 지었다. 무진도 실소와 함께 다시 국밥을 내려다봤다.

"다 먹고 노래방 갈래?"

세영의 제안에 무진이 건더기들을 꾹꾹 눌렀다. 세영은 깍두기를 다 삼키고 말을 이었다.

"오랜만에 가자, 쌤이랑. 쌤 요즘 스트레스 존나 받았잖아. 그래도 너 만나서 마음이 편해. 놀고 싶어. 쌤이랑 놀고 싶지 않았어? 응? 가자."

"뭔 일 있었어요?"

세영은 무진의 질문에 눈동자를 굴렸다.

"일에 좀 치여서……."

위축된 기색의 세영을 본 무진이 숟가락을 놓았다. 고개를 끄덕였다.

"저 다 먹었어요."

피식 웃을 뻔해 입을 가린 세영은 밥알들을 씹지도 않고 삼켰다.

코인노래방 천장 디스코볼의 빛이 어두운 내부를 누볐다. 아이돌 가수가 나오는 화면 속의 영상만 보는 무진과 달리, 세영은 방방 뛰며 열창하는 중이었다. 마지막 소절일 즈음에 무진이 리모컨 버튼을 눌러 한 곡을 예약했다. 세영은 싱긋 웃는 얼굴로 무진을 돌아봤다.

끝내 완창한 세영은 무진 옆에 털썩 앉았다. 화면에 뜬 곡은 발라드였다. 무진이 첫 소절을 뗐다. 가사가 진한 푸른색으로 물들며 하이라이트에 다다랐다. 세영은 눈 감고 목청 높이는 무진에게 살며시 눈동자를 돌렸다. 그리고 간주에 접어들었다. 큰 손 옆으로 앙상한 새끼손가락이 포개졌다. 그 감촉에 무진이 들썩였다. 정작 세영은 벽을 보고 있었다. 무진도 벽을 향해 고개를 돌렸다.

밤의 변두리가 더 고요해졌다. 버스 정류장 뒤켠에서 마주 선 세영과 무진은 고개만 푹 숙이고 있었다. 도로 위의 차가 쌩 지나갔다. 세영은 머플러를 살짝 내려 입을 내보였다.

"무진아."

무진에게 긴장이 역력해졌다. 세영은 이제 말해야겠다는 각오 한 조각을 되새겼다. 데이고 갈라진 입천장에 한참 붙였던 혀를 뗐다.

"쌤이랑 공부 다시 하자."

어렵사리 나온 세영의 말이었다. 무진의 입술이 벌어졌다.

"쌤은…… 무진이가 계속 공부했으면 좋겠어. 국어 고단계 풀면서 쌤한테 몰랐던 작가들이랑 시인들도 잘 알려줬잖아. 그런 게 무진이가 수능 공부할 때도 도움이 될 거야. 쌤이 저번처럼 수업하면서 많이 도와줄게. 루도비카 수녀님 아프다는 것도 들었어. 회비 납부는 내 계좌로 설정하자. 미안해하지 마. 무진이한테 잘해주고 싶어서 –"

"저한테 하실 말씀이 그거였어요?"

냉랭함이 감도는 투였다. 무진이 말을 이었다.

"저는 쌤한테 어떤 사람이었어요?"

세영은 말하지 못했다.

"나한테 왜 그랬던 거예요?"

이마저도 말하지 못했다.

"정말 더 하실 말씀 없으세요? 아니면 하셨던 말씀들을 다 잊으셨나요?"

세영은 이번엔 말할 수 있었다.

"무진아."

"나는 쌤 진짜 모습을 모르겠어요. 헷갈린다고요. 뭔데요? 뭐가 문제였는데요? 내가 잘못한 거 있어요? 말해주기도 힘드세요? 혹시 잠실에서 다 논 다음에 버스에서 제 어깨에 기대셨을 때 그러면 안 된다고 말해야 했나요? 아니면 쌤 생일에 그냥 축하드린다고만 말해야 했나요? 쿠폰까지 보내서 기분 안 좋으셨나요? 그냥 지나갈 걸 그랬나요? 네?"

"정무진."

"아니…… 왜 그랬던 건데요, 나한테……."

세영은 어금니를 잘근거렸다. 애가 대체 뭘 묻는 걸까, 그냥 그런 거 아니라고 말해볼까, 그러면 이 복잡함에서 벗어날 수 있을까, 차라리 다른 얘기를 나눴다면 달랐을까, 무진이는 신발끈도 잘 묶었네, 나 오늘 어떤 양말을 신었더라, 등 뒤로 밀려온 불편함에 어깨뼈가 시큰거렸다.

나오는 입김이 진해지기만 했다. 더 이상의 자동차 소리도 들려오지 않았다. 알겠어요, 공부 다시 할게요, 잘 들어가세요, 환한 골목으로 빠져나가는 무진의 뒷모습이 작아져 갔다. 세영은 그제야 손이 떨리며 주저앉았다. 핸드폰을 꺼내 교사용 앱에 접속했다. 신규 회원 명단에 무진의 이름과 생년월일을 입력하고 저장을 눌렀다. 평소와 달리 로딩이 길어졌다. 윗입술이 달싹거리려던 차에 명단 내용 저장을 알리는 알림창이 겨우 떴다. 일요일엔 집 밖에 안 나가도 된다는 안도감이 체온을 높였다. 세영은 길고 더부룩한 한숨을 빼냈다. 이제야 다 됐다며 이마를 짚고서 정류장 강화 유리판에 등을 기댔다.

날 지고 날 밝아 월요일이 찾아왔다. 흐린 날씨의 점심이 오기 두 시간 전이었다. 세영은 지국 들르지 말라는 A팀장의 문자대로 수원사업국에 도착했다. 모래 알갱이 밟는 소리가 선명하리만치 빈 의자들만 덩그러니 있었다.

어느 자리 앞에 선 세영은 청년 홍보대사 신청서 뭉치들을 발견했다. 드디어 이걸 오늘에서야 쓴다는 상승감에 코가 간질거렸다. 전산 매니저에게 음료수 한 병을 건네고 싶을 정도였다. 물론 뭘 사지 않은 세영은 그저 노크 두 번을 하고 회의실 안으로 들어갔다.

"여보세요?"

"야, 정무진……. 야! 좆 까지 마……. 나 너 싫어. 너 싫다고 개새끼야! 왜 자꾸 나 챙겨주려는 건데? 어? 너 내 아빠야? 너 같은 애새끼 격려를 내가 왜 받아야 하는 건데? 네가 뭘 알아?

씨발, 뭘 아냐고!"

 "어, 저, 쌤, 왜……."

 "너 씨발, 너…… 진짜 꼴 받게 만들지 마라. 어? 씨발. 아, 좀
기다려 봐. (끊어라.) (세영아.) 뭐, 손 좀 치워. 만지지 말라고.
내가 얘기할 거라고. 야, 무진아. 야, 야, 너, 아무것도 아니야.
어? 너 방해 돼, 나한테. (쟤 폰 뺏어.) 놓으라고! (아, 몰라.) 너
인플루언서야? 나랑 콘텐츠 만들 거야? 그냥 애새끼잖아. 그러
니까 나 흔들지 마. 너는, 너, 너는 그냥 애새끼야. 알았지? 어?
말을 해, 씨발 새끼야!"

 목 굽은 장승이 돼버린 세영은 비로소 늦여름 어느 날이 떠올
랐다. 동영상 플랫폼 시상식에서 신인상을 받은 스트리머 친구
가 대학 동기 모임을 열었던 때였다. 초반부터 소주와 맥주를 급
히 들이켠 세영은 무진이 소셜미디어 게시물에 댓글을 달았다
는 핸드폰 알림을 확인했다. 주점 밖으로 나와 무진에게 전화 걸
었던 것과 지금 사이의 흐린 지점이 다시 선명해진 순간이었다.

 사업국장이 A팀장에게 문자로 받은 음성 파일의 정지 버튼을
눌렀다. 회의실 내부가 조용해졌다. 미간을 눌렀다 뗀 사업국장
이 말했다.

 "세영쌤."

세영은 답했다.

"네."

목소리라기보다 마른 공기였다. 그녀의 모습을 본 사업국장이 한숨을 쉬었다.

"차라리 그냥 내가 이걸 조용히 묻을까 생각도 해봤어요. 소싯적에 나도 그랬던 적 있으니까. 그런데요, 이걸⋯⋯ 무진이가 이 녹음 파일을 자기 팀장한테 보냈다는 건⋯⋯ 회사에서 잘 처리하라는 뜻이에요."

세영은 이미 창백히 넋이 나가고 말았다. 그나마 왼쪽 볼이 따귀 맞은 것처럼 슬슬 뜨거워졌다.

"인수인계 없어도 되니까 지국 돌아가서 나머지 정리하세요."

사업국장의 마지막 한마디에 알겠다고 답한 세영은 인사도 없이 회의실 밖으로 나갔다. 전산 매니저와 사업국 직원들이 그녀가 나오자마자 다시 업무에 돌입했다. 어쩐지 조용하다 싶었던 세영은 빛깔 빠진 눈으로 그들을 응시하기만 했다. 발을 헛디뎌 넘어질 뻔했는데도 놀란 이 하나 없이 출입문과 가까워졌다. 덕지덕지 붙은 미니클래스 포스터가 보였다. 이름 모를 청년 홍보대사가 4대 보험 보장과 성과금 지급을 내세우고 있었다. 세영은 문손잡이를 잡아당겼다. 헐거운 쇳소리로 사라졌다.

살갗 아렸던 한파가 걷혔다. 다음 해의 초봄이 도래한 어느 평일이었다. 출판사 통창에 세영의 모습이 비쳤다. 세영은 출판사 대표와 마주 앉아 있었다.

"특고직이 참 힘들어요, 그죠?"

세영은 오랜만에 웃었다.

"죽겠죠. 정말 저라는 사람을요, 아예 버려야 돈 벌기가 편했거든요. 솔직히 잘 맞진 않았어요."

"그래도 연결 고리니까요, 작가님이랑. 일단, 그, 다른 인플루언서들한테도 책 광고 제안을 저희가 보낼 거예요. 작가님이랑 아는 분들과도 저희가 지금 논의 중이고요."

"아, 정말요?"

"네, 그럼요. 축하한다고, 잘 됐다고들 하셨어요."

의외였다. 세영은 대학 동기 모임에서 부렸던 자신의 추태를 잊었나 싶었다. 그러나 출판사 대표에게 그들의 축하 인사를 대신 전해 들었으므로, 늘 있는 겉치레임을 뗐기에 명치가 아릿하게 눌렸다. 세영은 잉크처럼 번지는 속내를 나름대로 잘 감췄다고 생각했지만, 신속하고도 유연히 노트북을 펼친 출판사 대표가 책 커버 시안들을 보여주자 다시 슬쩍 표정이 펴졌다. 세영은 보기에 예쁜 것들을 가리켰다. 나아가 동영상 플랫폼에 올릴 인터뷰 영상의 촬영일까지 조율해 보자는 말들이 오갔다.

세영은 허리 숙여 인사하며 출판사를 나왔다. 차디찬 작살비 그친 서울 시내의 무감한 인상들이 막 계단을 내려온 세영 앞을 지나갔다. 갑작스레 노곤함이 밀려온 세영은 건물과 건물 사이로 들어갔다.

담뱃갑의 큼지막한 알파벳이 구겨져 있었다. 최후의 한 개비 또한 휘어있었다. 물론 그러거나 말거나였다. 라이터 불을 지진 세영은 첫 모금을 뱉었다. 뭉개진 연기 사이로 건물 외벽에 낀 묵은 때가 보였다. 벌어진 걸 보아 바람 불면 떨어질 기미였기에 천천히 손을 뻗었다. 그러나 닿기도 전에 저 스스로 꼬리를 끊어내듯이 나풀거렸다. 세영은 묵은 때를 싹 밟았다. 바닥에 검은 자국이 그어졌다.

듬성듬성한 광역 버스의 왼쪽 창가 자리로 경기 남부권의 휑한 풍경이 스쳤다. 전보다 표정 펴진 세영은 듣고 있던 음악을 바꿨다. 일본 시티 팝의 신디사이저 소리가 이어폰을 뚫고 나직이 넘어왔다. 비구름 사이를 비집은 햇살이 눈동자에 담겼다. 세영의 볼이 솟았다.

방지턱을 넘어가며 울린 짧은 진동에 음악이 끊겼다. 세영은 문자 아이콘을 눌렀다.

[부고]

故 나명종 루도비카 수녀님께서 향년 66세로 선종하였습니다.

하느님 품에서 영원한 안식을 누리시길 기도드립니다.

선 종 : 20○○년 ○월 ○일 밤 11시

입 관 : 20○○년 ○월 ○일 오후 5시

미 사 : 20○○년 ○월 ○일 오전 10시 ○○성당

연락처 : 정무진 안드레아 (010-○○○○-○○○○)

천장의 히터와 실내등이 꺼졌다. 승객들의 정중한 항의에 기사가 죄송하다며 정차할 때 켜주겠다고 했다.

그사이, 세영은 화면 빛이 한층 오른 부고 문자에 붉어진 눈을 떼지 못했다. 입술이 바르르 떨렸다. 핸드폰을 빈 옆자리에 내려놓았다. 두 손으로 얼굴을 가렸다. 소리 없이 몸을 들썩였다. 흉곽이 욱신거렸다. 손가락들 사이가 촉촉해졌다. 끝내 물줄기가 흘러내렸다.

광역 버스가 고속도로에 진입했다. 긴 터널로 빨려 들어갔다.

「문세영의 경우」 코멘터리

- 「문세영의 경우」는 소셜미디어에 자신이 처한 상황, 업적, 성과 등을 장문의 게시물로 올리는 사람들로부터 영감을 얻었습니다.

- 요즘 학습지 업체와 소속 교사들은 인스타그램을 통해 홍보를 비롯한 채용 문의를 받는 중입니다. 이 추세와 함께 앞서 서술한 영감을 적절히 섞어 이야기를 구상했습니다.

- 미니클래스는 현실의 학습지 업체들을 뒤섞은 가공의 사교육 법인입니다. 전체적인 교재 구성이 준수한 편이라 타 업체의 견제가 심합니다.

- 미니클래스는 교사, 각 팀장, 지국장, 사업국장, 총국장 체계로 이뤄졌다는 설정입니다. 지국 안에 지국장을 비롯한 팀장과 교사가 있습니다. 사업국장은 기초자치단체 단위의 지국들을 관리하고, 작중 등장하지 않는 총국장은 광역자치단체 단위의 사업국들과 지국들을 관리합니다.

- 세영이 자주 이용하는 소셜미디어는 페이스북과 인스타그램을 뒤섞었고, 그녀의 주변 친구들이 스트리머로 활동하는 동영상 플랫폼은 유튜브와 트위치를 뒤섞었습니다.

- 세영의 담배는 'LOVELY MOOD'라는 가공의 제품입니다.

- 경기도 수원시와 화성시 도심 및 동네 풍경을 참고했습니다.

- 등장하는 인물, 사건, 제품, 단체 등은 허구임을 알립니다.

돌
파

제3의 얼굴들

제
3
회

...

통행로 구석의 철창형 맨홀로 녹색 소독액이 분출되고 있었다. 한은 손잡이를 이리저리 움직였다. 배낭형 약통의 절반 분량이 넘실거렸다. 얼마 후에 화북 공업 단지의 중간 소독 종료를 알린다는 잡음 섞인 안내 방송이 울려 퍼졌다. 외려 한은 분사 압력을 두 칸이나 높였다. 등과 팔뚝의 잔근육이 불끈거렸다. 작고 하얀 거품들 또한 약통의 중간 눈금으로까지 치솟았다. 소독액이 장맛비처럼 쏟아지고, 내려다보는 한의 눈빛은 탁해지려는데, 작업용 조끼 차림의 진영이 뒤에서 다가와 그의 등을 두드렸다.

"중사님."

한은 대답이 없었다.

"한 중사님."

진영의 마른 목소리가 그제야 귀에 감긴 한은 서늘함이 드리워진 표정으로 마주했다. 자신보다 창백하고 날카로운 인상의 진영에게 옅은 눈그늘이 있었다.

"중간 소독 끝났어요."

한은 손잡이의 분사 버튼을 잠갔다. 자신의 눈가를 두어 번 가리켰다.

"눈."

진영이 피식 웃었다.

"피곤해서."

"아아……."

한은 손짓하는 진영을 천천히 따라갔다. 으깨진 택시를 끄는 폐차장 견인차와 인테리어 자재를 실은 용달차가 지나가고, 멀리서부터 들려오는 쇠 때리는 소리가 끊이지 않는 와중, 배낭형 분무기를 멘 방역소독원들이 통행로 사방으로 뿔뿔이 흩어졌다.

제3의 얼굴들

후문 방향의 길바닥에 듬성듬성 널린 구겨진 페트병들이 작업화 신은 발에 차였다. 그 안에 담긴 적은 양의 녹색 물이 찰랑였다. 사업장 담벼락마다 솔 연구소의 솔잎차 광고지 여러 장이 기다랗게 붙어있었다. 한은 짧은 앞 머리카락을 넘기며 그것들을 훑기만 했다.

"아, 맞다, 손님 오셨어요."

진영이 말했다. 한은 지체하지 않고 그녀의 뒷머리로 시선을 돌렸다.

"올 손님이 없는데……."

정작 한에겐 궁금한 기색조차 드러나지 않았다. 야윈 턱을 긁을 뿐이었다.

"예전에 선별진료소에서 의사로 근무했던 사람이라고 얘기해주던데 모르시나요?"

한은 그제야 미세한 번뜩임과 함께 고개를 끄덕였다. 때마침 후문 왼쪽에 설치된 대형 천막의 파란 지붕이 펄럭였다.

이윽고 한은 진영과 함께 후문에 도착했다. 화북 공업 단지 방역소독 2반의 접이식 입간판이 세워진 천막을 향해 실눈을 떴다. 사무원 책상 앞 플라스틱 의자에 앉은 누군가가 보였다. 등산복 재킷에 삐쳐나온 짤막한 실밥을 뜯으며 커피를 홀짝이는 김이었다. 잔기침을 뱉은 김이 경직된 미소를 지었다. 한은 가벼이 눈인사를 건네곤 급히 고개를 돌렸다.

"중사님, 저거 봐."

옷자락을 잡아당긴 진영이 고갯짓한 곳은 후문의 멀찍한 우측이었다. 전염병 치료 효능을 큰 글씨로 강조한 팻말이 걸린 접이식 테이블, 솔잎차가 꽉 담긴 채 가지런히 놓인 여러 페트병, 솔 연구소의 조촐한 시판이었다. 그 자리엔 칙칙한 차림의 젊은 남성 연구원이 있었다.

입술을 잘근거린 진영이 날 서린 눈빛을 드러냈다. 푹 눌러쓴 벙거지를 벗은 연구원이 느지막이 미간을 찡그렸다. 그 표정이 멀리서 보일 정도였다. 한은 진영의 어깨를 두드리곤 소독 2반 천막으로 움직였다. 그녀가 천천히 따라오자 비로소 김에게 편히 향했다.

한은 김 앞에 서서 배낭형 분무기를 내려놓았다. 일어서서 주춤거리더니 바지에 두 손을 닦아낸 김과 악수를 했다. 진영이 밀어준 의자에 앉은 한은 인중의 수염 자국과 푹 파인 볼을 지닌 김을 더 가까이 볼 수 있었다.

"김 쌤, 오랜만이다. 어떻게 왔어요? 여기가 꽤 멀어서."

"비행기 타고…… 네, 오랜만에 왔죠. 겸사겸사……. 서귀포만

제3의 얼굴들

가서 여길 잘 몰랐어요. 괜찮은 곳 같아요. 네⋯⋯."

단 몇 마디를 꺼내는데도 김의 고갯짓과 동공이 한쪽에 머무르지 않았다. 사무원 자리에서 태블릿을 만지는 진영도 김을 힐끗댔다. 한은 짧은 숨을 들이마시곤 마저 물었다.

"숙소는요?"

"불편해서."

"무슨 말이에요?"

"그냥 노상에서⋯⋯ 좀 지냈어요, 며칠."

한은 김의 답변에 놀란 나머지 입 밖으로 짧은 버벅거림이 튀어나왔다.

"숙소 냄새가 너무 역해요. 탈취제 냄새."

김이 이어 말했다. 한은 왼쪽 어깨를 주무르고 나서 천천히 입을 열었다.

"잠깐 내 집에서 지내요. 나 곧 있으면 끝나니까 조금만 기다려요."

눈을 내리깐 김이 손사래 쳤다.

"아아, 아냐, 나 때문에 괜히⋯⋯."

"집 넓어요. 괜찮아. 오랜만에 얘기도 나누자."

"저 진짜 가도 괜찮아요?"

한은 김의 질문에 고개를 끄덕이며 골똘해짐을 끊었다.

"그럼요. 뭐 어때요."

짧은 정적이 지나고 멍멍한 울림의 안내 방송이 들려왔다. 근로방역특별법에 의거한 집단 사업장 석간 소독을 준비하라는 내용이었다. 한은 곧장 배낭형 분무기를 들어 올렸다.

"이따 봐요."

배낭형 분무기의 어깨끈을 두어 번 축인 한은 천막 밖으로 나갔다. 나른한 기색을 숨기지 않는 다른 방역소독원들과 후문 앞에 섰다. 진영이 노려봤던 솔 연구소 연구원이 시야에 잡혔다. 그를 힐끗대다가 마주치려 하자 '화북, 공업, 단지, 석간 소독 개시'라는 안내음이 울려 퍼졌다. 한은 분사 압력을 한 칸 올리며 나아갔다. 곧이어 곳곳마다 소독액이 분출됐다. 정문 방향의 멀찍한 곳에선 흰 연기가 뿜어져 올랐다.

석간 소독이 끝났다. 고이 접힌 소독 2반의 천막과 테이블 등의 물건들이 인도 모퉁이 공간에 내몰렸다. 솔 연구소 시판을 정리한 연구원이 솔잎차들부터 검은 승합차에 실었다. 진영도 도착한 택시에 올랐다. 바로 맞은편 공영주차장에서는 방역소독원들이 담배 한 개비씩 피우거나 차 시동을 걸었다. 한은 차 트

제3의 얼굴들

렁크에 배낭형 분무기를 집어넣었다. 트렁크 문을 닫으며 뒷좌석 차창으로 얼굴이 떠올랐다. 왜인지 윤곽이 다부져진 상태였다. 주머니에서 오렌지색 약통을 꺼냈다. 자그마한 항우울제가 끽해야 서너 알이었다. 약 복용을 걸렀다는 걸 알아차린 한은 그저 짧은 콧김을 내뿜었다.

오후의 햇살이 깊이 내려온 제주 시내의 풍경이 너르게 펼쳐졌다. 도로 중앙의 큰 야자수들을 한 그루씩 지나치는 중이었다. 전방을 주시하는 한은 넋 나간 얼굴로 조수석 차창을 보는 김에게 말을 걸었다.

"관광지는 좀 다녀온 거예요?"

입술만 벌어진 김이 아무 말도 하지 않았다. 한은 코를 훌쩍였다. 그제야 그가 한의 옆얼굴로 고개를 돌렸다.

"관리 차트요?"

한은 김의 말에 고개를 저었다.

"아니, 관광지."

"아뇨……."

김의 말끝이 흐려졌다. 한은 굳은살 박인 그의 손을 내려다보다가 빨간불이 뜨자 정차했다. 보행 신호가 떠오른 횡단보도로 마스크 쓴 노년 남성이 건너려 했다. 김이 말했다.

"저 어르신 착실하시네."

"누구?"

"저기에."

한도 느린 걸음의 노년 남성을 보던 참이었다. 주행 신호가 뜨자 김의 보조개가 자연스레 가라앉았다. 방지턱을 넘으며 뒷좌석에 놓인 김의 가방에서 쇠 부딪치는 소리가 들렸다. 한은 룸미러로 눈을 돌렸다. 김의 가방이 쓰러져 있었다. 동시에 바깥의 검푸름과 간판 불빛이 묻어난 김에게 취기가 풍기는 것 같았다. 그를 힐끗댄 한은 쉬이 무감함을 놓지 않으며 동네 초입에 들어섰다. 나아갈수록 저층 연립단지가 보였다.

불 켜진 곳 몇 없는 연립단지 전체에 칠흑이 내려앉았다. 한의 집 내부는 플로어 램프 두 대만이 켜진 채, 베란다 앞 각진 수납 테이블 위의 실내용 야자수를 밝히고 있었다.

한은 부엌의 원목 식탁에 맥주와 안주를 두고 김과 마주하는 중이었다. 분명 시간이 꽤 흘렀는데도 김의 잔에 담긴 맥주가 줄지 않았다. 양념 섞인 안주에만 그의 젓가락이 왔다 갔다 했다. 맥주 한 모금을 더 축인 한은 천천히 일어나려 했다.

"더 해다 줄까?"

"아니."

김의 단호한 한마디에 한은 다시 앉으며 물었다.

"쌤, 그런데 병원은 어떻게 하고?"

김의 입술이 바르르 떨렸다. 젓가락을 내려놓고 안주를 마저 씹어 삼켰다.

"관뒀어요."

"왜, 언제?"

맥주를 단숨에 들이켠 김이 한과 눈을 똑바로 맞췄다. 감정 하나 담지 않고 치켜뜬 탁한 눈이었다. 일순간, 한은 가슴팍이 시큰거렸다.

"중사님은 왜 마스크 안 쓰세요?"

김의 질문에 한은 한참이 지나서야 마른 소리나마 내쉬었다. 눈을 깊이 감았다 뜬 김이 말을 이었다.

"내가요, 중사님…… 정말…… 아, 진짜로 요즘 경각심이라는 게 하나도 없구나, 이런 생각을 했거든요. 데스크 간호사들 말이에요. 내가 그래도 최대한 착하게 말하면 마스크를 쓰는 시늉이라도 할 줄 알았어요. 인턴들도 그럴 거라고 나는 생각했거든요. 다섯 해밖에 안 지났잖아, 팬데믹 끝난 게……. 아니, 다들 겁이 하나도 없는 것 같아."

곧 긴장이 풀린 한은 잔을 가슴 가까이 당겼다.

"내가 누울 때마다, 잠깐 졸 때마다…… 피 토하는 사람들이 막 살려달라고들 찾아와요. 우리 그때 매뉴얼 기억하죠? 그렇게 조치해도 다 죽더라고요. 그런데 눈 뜨면 병원 휴게실이 아니고요, 주차장 아니면 보건소 앞이야, 꼭……. 오죽하면 환경 미화하는 분이 나를 깨워. 입 돌아간다고, 일어나시라고, 막 일어나잖아요? 아무도 없어요……."

김이 말끝을 흐렸다. 한은 손바닥으로 얼굴을 비볐다. 얼마 안 있어 고개가 비스듬해졌다. 얼굴과 몸 전체가 후끈거리는 모양새였다. 옆구리가 들썩거리기까지 했다. 뜨거운 숨이 뿜어져 나와도 이상할 게 없었다. 한은 침을 여러 번 삼키고 나서 겨우 입을 열었다.

"김 쌤."

"여긴 그나마 나을 줄 알았어요. 아니, 그렇지도 않아요. 솔잎차 마신다고 낫는 병도 아닌데…… 그걸 다 그냥…… 그대로 믿는 사람들도 있을 거란 말이죠. 그러니까 중사님, 제발 중사님이라도 마스크 쓰고 생활하시면 안 될까요? 아니, 그리고 왜 방역 일을 하세요? 진짜 이해가 안 되네요. 시달리실 필요 없으신 분이 왜요? 안 지겨워요? 속이 울렁거리지 않으세요? 이거 나만 그래요? 네?"

"김 쌤, 잠깐만."

"마스크만 쓰더라도 예방할 수 있어요. 정기적으로 백신은 맞으시는 거죠? 동네 병원이 생각보다 큰일을 하거든요? 제일 가까이서 환자들 돌보니까. 그럼 굳이 상급 병원이나 선별진료소 안 들러도 -"

"김 쌤!"

끝내 한의 고함이 천장과 바닥을 때렸다. 원목 식탁에도 두껍고 짧은 진동이 울렸다. 한의 새끼손가락에 경련이 일었다. 미간까지 일그러진 한은 급히 뭉친 왼쪽 관자놀이를 시계 방향으로 지압했다. 목에 솟았던 힘줄도 가라앉았다.

"그만 좀 해요, 제발……. 본인 입으로 말했네요, 팬데믹 끝났다고. 그럼 더 걱정할 것도 없잖아요. 알고는 있어요? 예? 우리 둘 다 일 때려치운 판에 왜 그런 얘기를 꺼내요? 그리고 아프면 재깍 병원을 갔어야죠, 나처럼! 왜 병신같이 참고만 있는 거냐고요, 왜, 씨발!"

한은 주먹으로 원목 식탁을 내려쳤다. 김의 양쪽 볼이 달아올랐다. 울먹임과 들썩임도 밀려온 나머지 고개를 숙였다. 호흡이 갈라진 한은 맥주를 다 들이켜고 말을 이었다.

"받아주는 곳이 없어요. 그나마 방역 업무를 관리하는 사업장에서는 내 이력서가 통해. 그래서 하는 거야, 어? 뭔 말을 하는 거예요, 대체……. 형님, 좀…… 왜 그래요?"

한은 처진 등을 의자 등받이에 기댔다. 냉장고 부품이 돌아가는 소리만 두 사람 사이에 감돌았다. 노기가 서서히 누그러진 한은 아직 뻣뻣이 굳은 몸을 일으켰다.

"쉬고 계세요. 나갔다 올게."

한은 맥 빠진 목소리로 일러줬다. 신발을 구겨 신고 현관문을 열었다. 도어록이 잠기며 복도의 두꺼운 걸음 소리가 멀어져 갔다. 김의 억눌린 울음이 소파 위에 널브러진 그의 가방으로까지 넘어왔다.

자동차의 전조등이 어두운 도로를 사르는 와중, 한은 아까 가라앉혔던 노기가 다시 들끓으려는 참이었다. 액셀을 더 밟았다. 붉은 후미등의 잔상이 꼬리처럼 생겨났다.

질주한 끝에 도착한 곳은 문 닫은 임시 휴게소였다. 경사진 입구 너머의 먹물 같은 광막한 바다와 더불어 멀찍이 보이는 등대가 홀로 빛났다. 다시 노기가 가라앉은 한은 티 없는 보닛에 비스듬히 앉아 자양강장제를 마셨다. 한의 텅 빈 표정에서 지난날들이 스치는 것만 같았다. 5년 전의 치열했던 순간들이 안경 벗은 시야로 한 장씩 넘어가는 듯, 이따금 눈꺼풀이 한 번쯤 파르르 떨렸다. 그럴 때면 한은 눈가를 부드러이 매만졌다. 여러 방울 맺힌 진땀이 불어오는 미풍에 꺾여 흘렀다. 옷자락을 당겨 올린 한은 긴 흉터 선명한 복근을 드러낸 채 이마를 닦았다. 자양강장제도 얼마 안 남았기에 둥근 관목 사이로 병을 쑤셔 넣었다. 나뭇가지에 엉킨 병으로부터 누런 액체가 뚝뚝 떨어졌다.

화북동 어딘가의 한산한 공영주차장으로 한의 자동차가 홀연히 들어섰다. 운전석 차창을 반만 내린 한은 시동을 끄고 등받이를 뒤로 젖혔다. 좁다란 내부 천장이 한을 반겼다. 내일이 오기까지 오래 걸리길 바라는 막연함과 갑갑함이 초가을의 찐득거림으로 온몸에 번졌다. 한은 뒤척이며 팔로 눈을 가렸다. 그의 입술이 살며시 벌어졌다.

참새가 금방 지저귀었다. 흰 햇살 한 줄기가 앞 차창을 뚫고 한의 얼굴에 꽂혔다. 힘겹게 눈을 뜬 한은 등받이를 올리고 시동을 걸었다. 핸들을 돌려 공영주차장을 나갔다. 골목에 차가 한 대도 지나가지 않았다. 서행하던 한은 액셀 밟은 발에 힘을 실었다. 한의 차가 골목 너머로 꽁무니를 뺐다.

김의 가방이 베란다 앞 수납 테이블에 비스듬히 세워져 있었다. 화장실 앞에서 넋 나간 얼굴로 욕조를 내려다보는 한을, 검붉은 물에 담겨 싸늘히 식은 김이 맞이했다. 한은 가까스로 고요한 거실과 부엌을 훑었다. 원목 식탁에 덩그러니 놓인 쪽지가 보였다.

[중사님 미안합니다. 조용히 처리해 주세요.]

한은 쪽지 쥔 손의 힘이 풀려버린 줄도 몰랐다. 그나마 마른 신음을 뱉어냈다. 그 자리에 주저앉고 말았다.

자욱한 안개의 끝자락에서부터 흰 전조등 빛이 가까워지고 있었다. 어느 이름 없는 오름 인근의 껍질 벗겨진 벤치 앞으로 한의 차가 멈춰 섰다.

운전석에서 내린 한은 뒷좌석 문을 열어 김을 안아 들었다. 베개처럼 가벼워진 그를 벤치에 조심스레 앉혔다. 허리를 곧추세운 지 얼마 안 됐는데도 바로 그의 옆에 앉았다. 맞은편 미개발지의 잡풀들이 맥없이 흔들렸다. 한의 귀로 간지러운 스산함만이 뒤섞여 감겼다. 안개가 걷혀가도 보이지 않는 맞은편을 응시할 뿐이었다.

어느새 오름에서부터 제주 시내로까지 하늘이 검푸른색으로 번졌다. 어깨 처진 현지인들도 제 갈 길로 사라졌다. 한은 그들 사이를 가로질렀다. 그의 때 묻은 운동화가 벌어지고 깨진 보도

블록을 밟아 나갔다. 신호등 없는 횡단보도들을 지나 화북 공업단지 후문에 도착했다. 한은 소독 2반 천막과 비품들이 정리된 모퉁이 공간을 향해 그림자부터 들이밀었다.

좀 더 깊숙이 들어간 한은 플라스틱 의자 한 개를 깔고 주저앉았다. 천막 다리에 걸린 흰 마스크를 주웠다. 내려온 눈그늘과 같은 색의 얼룩들이 묻은 마스크였다. 곳곳이 구겨진 상태였다. 한이 아이의 긴 머리카락을 빗겨주듯, 다 늘어진 끈을 살살 매만지는데, 플라스틱 커버가 빠지고 부딪치는 소리가 들려오며 툭 끊어졌다. 얼마 안 있어 솔잎차 한 병이 발밑으로 굴러왔다. 전날 오후에 진영과 기싸움을 벌였던 연구원 1이 모퉁이 공간 초입에서 쓰러진 휴대용 카트를 일으켰다. 순식간이었다. 한에게 냉기가 휘감겼다. 한은 솔잎차를 들고 모퉁이 공간 초입에 멈춰 섰다.

휴대용 카트의 플라스틱 커버를 끼운 연구원 1이 흠칫했다. 한이 솔잎차 든 손을 뻗고 있었다. 기어들어 가는 목소리로 감사하다고 말한 연구원 1이 솔잎차를 받았다. 곧 한은 그의 얼굴로 주먹을 휘둘러 쳤다. 묵직한 타격에 연구원 1이 반 바퀴 돌아 넘어졌다. 한은 연구원 1의 가슴팍에 앉았다. 망치로 다지는 것처럼 그의 얼굴을 내려쳤다. 이목구비가 부어오르고 살갗이 찢어저 얇은 피가 솟구쳤다. 이미 한은 초점이 나간 상태였다. 기어코 정권 부위에 묻은 피가 끈적하게 흘러내려서야 멈췄다. 원래의 눈빛으로 되돌아왔다. 한은 그제야 연구원 1이 보였다. 상의에 튄 핏자국과 두꺼워진 두 손까지 선명해졌다.

한은 물러섰다. 얼굴에 흐르는 땀줄기를 대충 닦았다. 도로 얼어붙은 몸을 이끌어 걸음을 재촉했다. 화북 공업 단지 후문을 등지고 질주할수록 멀어져 갔다.

문 열고 들어온 사람은 진영이었다. 품 넓은 바람막이를 나풀거리며 신발 벗은 진영에게 수납 테이블 위의 실내용 야자수가 먼저 보였다. 몸통과 이파리가 더 길어진 상태였다. 뒤돌아 앉아 있는 한 또한 전보다 어깨와 광배근이 벌어져 있었다. 식은땀에 흠뻑 젖어 드러난 속살이 마치 가파른 오르막길과 같았다.

진영이 조심스레 다가갔다. 한이 말했다.

"김 쌤 갔어요."

멈칫한 진영이 소파 위로 널브러진 김의 가방과 더불어 담겨 있던 핸드폰, 팬데믹 역학 보고서의 제본, 솔 연구소의 구겨진 광고지, 방진 마스크 여러 장과 중식도 한 자루까지 본 참이었다.

"뭐라고요?"

제3의 얼굴들

한은 진영의 물음에 답했다.

"죽었다고. 누가 그 사람을 죽였어."

죽였다는 말에 금방이라도 동요할 것 같은지, 진영이 눈을 감았다 뜨며 한에게 더 가까이 다가가 멈췄다.

"누가 그랬는데?"

진영이 되물었다. 이미 기가 빠져나간 표정의 한은 천천히 일어나 베란다 창 너머의 전봇대 보안등을 응시했다.

"팬데믹 때, 줄 서다가 죽은 사람들을 진짜 많이 봤어요. 그런데도 먼저 백신 맞을 거라고 새치기하는 사람들이 하나도 없었어요. 파견 의사들이나 국군 현장지원팀 인원들이 죄송하고 감사하다고 인사드릴 만큼……."

전봇대 보안등의 백색 불빛이 더 환해졌다. 왼쪽 얼굴에까지 옅은 불빛이 번진 한은 말을 이었다.

"언제 한 번은 노인네 한 명이 선별진료소로 들어와서는 확성기를 켰어요. 그러면서 하는 말이…… 소금물이랑 요구르트를 마시면 어차피 다 낫는 병인데, 우리들이 난리 치면서 나라를 망하게 하는 거래. 보급용 마스크를 불에 태우면서……. 그런 판에 감염자가 하루마다 늘어나니까 의무대 애들도 미쳐갔어요. 다들 미쳐가는 데엔 계급을 안 가려요. 더 심해질 땐 이등병들도 차라리 죽을 거라고 할 정도로……."

한은 갈 곳 잃은 오른손을 베란다 창에 얹었다. 묵직한 숨을 삼킨 탓에 목소리가 갈라졌다.

"미안합니다. 너무 늦게 알았네요, 진영 씨가 왜 잠도 못 자고 힘들어하는지……."

진영이 두 손을 한의 허리에 감았다. 한은 깍지까지 낀 그녀의 손이 단전에 닿는 모습을 내려다봤다.

"솔 연구소 사람들이 김 쌤을 죽인 것 같아요. 자살할 사람이 아니에요. 주저한 흔적이 아예 없었어요. 이거 타살이에요. 그것도 어제 잠깐 산책 다녀온 사이에. 공항에서부터인지, 공단에서부터 그랬던 건지 모르겠지만 계속 미행했나 봐."

성대에 힘이 되잡힌 한의 명확한 발음이었다. 그의 등에 볼을 기댄 진영이 물었다.

"이제 어떻게 할 거예요? 내가 도와줄게."

베란다 창에 찍혔던 한의 하얀 손가락 자국이 스며들 듯 사라졌다. 입꼬리의 경련이 가라앉은 한은 깊이 들이마시고 내쉬며 말했다.

"죽여버릴 겁니다."

어디부터 부숴야 하는지 모르겠다는 막연함이 한에겐 금방

사그라들었다. 외려 한은 결연함으로 역력해졌다. 느지막이 진영의 깍지 낀 손을 어루만졌다. 실내용 야자수의 이파리가 창틈의 미풍에 나부꼈다. 그림자 짙어진 중식도 끄트머리에 작은 은빛이 맺혔다.

한은 작은 방의 장롱을 열었다. 플라스틱 옷걸이에 걸려있는 카키색 봄버 재킷 한 벌을 꺼냈다. 양쪽 팔뚝마다 적십자와 태극기 마크가 꿰매져 있었다. 소매와 밑자락에 삐쳐나온 실밥이 없을 만큼 자그마한 구김살 하나 보이지 않았다. 한은 봄버 재킷을 휘둘러 걸쳤다. 옷깃을 당겨 등에 박힌 올빼미 실루엣의 날개를 펼쳐 올렸다. 장롱문 거울로 다부지고 매서워진 얼굴이 비쳤다. 비로소 한은 맹금류가 된 또 다른 자신을 목도했다.

다음 날, 김의 핸드폰에 저장된 사진들이 한 장씩 넘어갔다. 건물 뒤꼍과 벽에 붙은 솔 연구소의 광고지, 넓은 공영주차장과 구석에 몰린 뒤집힌 입간판, 철창형 맨홀에 낀 페트병, 한이 일하던 중에 찍은 듯한 텅 빈 소독 2반의 천막이었다.

운전석에 앉아 있는 한은 화면을 위로 올려 5년 전의 사진들을 훑었다. 어느 실내에서 김과 함께 찍은 사진에 멈칫했다. 손가락을 쫙 펼쳐 김의 얼굴을 확대했다. 한은 조수석 쪽 차창을 흘깃하면서도 김의 얼굴을 오랫동안 내려다봤다. 얼마 안 있어

시동을 건 한은 벨트를 매지도 않고 핸들을 돌렸다.

　한은 김이 처음 다녀간 건물 뒤꼍에 도착했다. 재킷 안주머니에서 솔 연구소의 광고지를 꺼냈다. 유독 접착제 자국이 많이 남아있는 벽 부분에 섰다. 특정 시간대와 문장들을 소리 없이 중얼거렸다.

　시간이 흘러 이동한 곳은 김이 두 번째로 다녀간 넓은 공영주차장이었다. 한은 김의 핸드폰을 보며 구석의 녹지에 발을 디뎠다. 덥수룩한 관목 안에 쑤셔 박힌 입간판을 꺼내 뒤집었다. 화북동 선별진료소라 적힌 앞면을 본 한은 천천히 허리를 폈다. 눈꺼풀이 떨려왔다. 표정 또한 순식간에 몽롱해졌다. 주변의 소음들마저 잦아들었다.

　코드 그린 상황 발생, 뛰어라, 다음 내담자님 가까이 오세요, 청와대 친위대 새끼들아, 너희들 이거 수괴죄야, 일어나, 막아, 지원관님, 집에 좀 보내주십시오, 한 번만 부탁드립니다, 그만하면 안 되겠습니까, 코드 블랙 상황 발생…….

　지난날의 온갖 목소리들이 뭉쳐 들려왔다. 한은 관자놀이를 힘껏 눌러 겨우 끊어냈다. 거친 호흡을 기침으로 뱉어낸 한은 침을 닦으며 굽어진 무릎을 폈다. 핸드폰의 짧은 진동이 울렸다.

진영이 보낸 [증거 인멸]이라는 문자와 사진이었다. 멍든 얼굴의 연구원 1과 우람한 몸집의 연구원 2가 철창형 맨홀로 솔잎차를 버리는 모습이었다. 한은 다시 살기등등함을 되찾았다.

하늘이 금세 어두워졌다. 공업 단지 길목에도 쥐 한 마리 돌아다니지 않는 시간이었다. 후문의 폐차장이 소유했으나 버려진 것과 다름없는 폐품 창고 안, 한은 널브러진 테이블을 바로 세우곤 전압 조정기와 소형 악어 집게를 찾았다.

"솔 연구소가 뭘 원하는 걸까요?"

한은 뒤에 앉아서 질문하는 진영을 돌아봤다.

"조져야 알 수 있을 거예요."

"아니지, 중사님. 조지기 전에 생각은 해봐야죠."

그러자마자 구석에 처박힌 화이트보드를 끌어낸 진영이 수납장의 수성펜을 들고선 ○○빌딩, ○○공영주차장, 화북 공단, 소독 2반, 중사님 집을 하나씩 써 내렸다. 한은 그녀가 단어들 사이마다 줄을 잇자 유심히 응시했다.

"솔 연구소는 김 선생님이 올 걸 알았고, 화북동 도착하면서 미행을 한 거예요. 맞지?"

진영의 말에 한은 고개를 끄덕였다.

"미행한 이유는?"

재차 물은 진영이 수성펜을 다시 쥐었다. 화북 공단에서 중사님 집으로 곧은 선을 그었다. 한은 골똘해지다 눈을 번뜩였다.

"역학 보고서."

한의 답에 진영도 눈을 번뜩였다.

"그렇죠."

"그걸 뺏어야 연구소가 안 망하니까."

"그거예요. 잘했어요."

가까이 다가온 진영이 한의 옷매무새를 만지작거렸다. 한은 가슴께에 닿은 그녀의 머리를 쓰다듬었다.

날 밝은 며칠 후, 경삿길 위 체육 창고의 문틈으로 누군가와 통화하며 도착한 연구원 1이 보였다. 한은 왼쪽 문을 걷어찼다. 놀란 연구원 1이 체육 창고를 빤히 보며 다시 말을 이었다. 연구원 1의 입 밖으로 진영의 이름이 공손히 언급됐다. 한은 그가 몸을 틀자 두 다리에 힘주고 땅을 밟아 나갔다. 가까워져서야 그의 입을 틀어막았다. 연구원 1의 발버둥에 솔잎차들이 담긴 휴대용 카트가 넘어졌지만, 한은 말뚝을 뽑아버리듯 체육 창고 안으로 끌고 들어갔다. 바로 문이 닫혔다. 짓밟을수록 창고의 도구들도 같이 구르는 소리가 들려왔다.

제3의 얼굴들

폐품 창고에 온 한은 무감하게 전압 버튼을 돌려댔다. 모포에 덮인 무언가가 꿈틀거릴 때마다 먼지가 날렸다.

타는 냄새가 코끝에 넘어왔다. 한은 전압을 내리며 자리에서 일어나 모포를 걷어냈다. 연구원 1의 얼굴에 피멍이 늘어난 상태였다. 의자에 결박된 그를 테이블로 밀었다. 그의 양쪽 귓불에 집혔던 악어 집게가 떨어져 나갔다. 마주 앉은 한은 주먹 쥔 오른손을 올려놓았다.

"○○빌딩에 몇 시쯤 도착했어?"

내내 반복된 심문이었다. 오한에 떠는 연구원 1이 좀처럼 고개를 들지 않았다. 한은 손가락을 튕겼다. 뒤에 있는 화이트보드를 가리켰다.

"십오 시 사십 분. ○○공영주차장에서 공단까지 도착했을 땐 십육 시 이십오 분."

한은 A4용지 여러 장이 묶인 클립 보드와 펜을 연구원 1에게 가벼이 던졌다.

"이십삼 시 오십팔 분부터 다음 날 공구 시 십육 분 사이에 들어와서 자상을 입힌 거고. 외우기가 힘들어? 왜 자꾸 짧게만 써?"

침까지 질질 흘리는 연구원 1이 갈라지는 목소리로 말했다.

"쓰긴 썼잖아요……. 내가 그런 적이 없는데 뭘 더 어떻게 길게 쓰라는 건데요, 예?"

"그런 적이 없어······?"

한은 어금니를 깨물었다. 속에서부터 들끓는 모습을 본 연구원 1이 청테이프에 돌돌 말린 두 손으로 볼펜을 잡았다.

"죄송, 죄송합니, 죄송합니다."

한은 끊기는 한숨을 내쉬었다.

"정확하게 다시 써."

진영이 들어왔다. 약간의 긴장이 밀려온 한은 입을 떼려다 말았다.

"전단지에 적힌 주소가 아니네요. 연구소 없어요."

멈칫한 연구원 1을 보고 진영과 눈을 마주한 한은 조용히 고개를 끄덕였다.

시간이 흘렀다. 진술서 다섯 장이 꾹꾹 눌러 나왔다. 잉크 덩어리가 묻은 들쭉날쭉한 글씨체였다. 먼저 읽고 나서 옆으로 민 진영이 오케이라며 뻐끔거렸다. 한은 다시 연구원 1을 응시했다.

"다 왔다."

한의 짧은 한마디였다.

"지령 내린 사람은 어디 있어?"

숨 쉴 틈 없이 이어진 질문이었다. 연구원 1이 테이블의 가시를 내려다보기만 했다. 이에 한은 뒷주머니에서 전술 장갑을 꺼내며 상체를 들이밀었다.

"지령 내린 사람이 어디 있는지만 말하면 끝나. 어디 있어?"

진영도 무릎에 얹은 손을 쥐었다 펴고 연구원 1을 응시했다. 짧은 숨을 들이마신 그가 버벅거렸다.

"제가 다 그런 거예요. 연구소 사람들은 아무것도 몰라요. 시판 끝나고 저 혼자 쫓아가서 그 선생님 죽인 거였어요. 사명감 같은 거예요, 아시죠? 그런데 역학 보고서 확보 못 해서 많이 혼났거든요? 저도 잡힐 줄 몰랐어요. 대신에 제가 양쪽에서 뭐라도 할 테니까 한 번만 좀 풀어주시 —"

연구원 1의 말이 채 완성되기도 전이었다. 한은 전압기로 지지던 자리로 그를 끌고 갔다. 따라온 진영이 연구원 1의 얼굴에 신발주머니를 씌웠다. 한은 바람을 찢을 기세로 주먹을 휘둘렀다. 그의 얼굴을 연신 찍어버렸다.

숨 가빠진 한은 신발주머니를 벗겼다. 질은 피를 쏟아내는 연구원 1의 턱을 움켜쥐었다. 입술이 들썩거리는 걸로 모자라 송곳니가 드러나기 직전이었다.

"불어."

연구원 1의 따귀를 때린 한은 오른손을 들어 올려 검지를 펼쳤다.

"말할 거야?"

연구원 1이 기계의 진동처럼 고개를 끄덕였다.

"그냥 말만 해주는 거야. 이해했지?"

"네, 네, 알겠습니다……."

한은 검지를 접으며 턱을 움켜쥔 손도 마저 풀었다. 꺼낸 핸드폰의 음성 검색 기능을 켜 연구원 1에게 갖다 댔다. 그가 한 글자씩 어렵사리 뱉어낸 주소가 검색됐다. 한은 급히 핸드폰 화면을 만지작거렸다. 진영이 바로 기절한 연구원 1의 귓불에 조심스레 악어 집게를 채웠다. 그가 눈을 깜박이기 전에 모포를 씌운 한은 전압 조정기 버튼을 최대치로 돌렸다. 길고 센 전압과 더불어 야심해진 폐품 창고 밖으로 비명이 새어 나왔다.

한은 지친 기색이었다. 핸드폰을 보며 앞서는 진영을 따라가고 있었다. 도착한 곳은 소독 2반 천막과 비품이 보이는 모퉁이 공간 초입이었다. 진영이 겹겹이 쌓인 플라스틱 의자 밑에 손을 넣었다. 긴 것 한 개와 작고 둥근 것 한 개, 두 물건의 윤곽이 드러난 갈색 종이봉투였다.

눈치챈 한은 진영의 손짓에 좀처럼 두 발을 떼지 않았다. 소매를 잡아당긴 진영이 종이봉투의 윗부분을 뜯었다. 모르핀 정량과 주사기를 꺼냈다.

"필요할 거예요."

한은 진영의 흔들리지 않는 눈빛에 눌렸다.

"그래서 이거 –"

"허벅지."

한은 모퉁이 공간 초입을 힐끗댔다. 종이봉투를 받고서 안주머니에 욱여넣었다. 다시 진영의 뒤꽁무니를 좇아갔다. 후문 너머로 펼쳐진 공업 단지의 널따란 통행로 앞에 나란히 섰다.

"조용하네요."

한이 말했다. 진영이 담뱃재를 털어내며 물었다.

"오랜만인가요? 일반 병원 병동도 이랬어요. 혹시 아시나요?"

금방이라도 일렁일 것 같은 표정을 숨긴 한은 옅은 입김마저 끊어냈다. 진영이 이어 말했다.

"아빠가 발작할 때마다 내 귀를 칼로 쑤시고 싶었던 것만 여러 번이었어요. 다른 병실에도 발작하는 소리가 순서대로 들려요. 그런데 신기했던 게, 꼭 새벽만 되면 지금처럼 다시 순서대로 조용해졌어요. 그렇게 한 명씩 간 거였죠. 자고 일어나니까 아빠 얼굴빛이 회색이었어요."

한은 미풍에 앞 머리카락이 갈라지는 그녀를 내려다봤다.

"중사님 어깨가 꽤 무거우실 거예요. 그러시죠? 여기 사업장 사람들이 그래도…… 다 알아줄 거예요, 언젠가는."

진영이 뿜은 진한 담배 연기가 두 사람의 정수리로 올랐다. 주변의 날벌레들이 뿔뿔이 흩어졌다. 어느새 한과 진영의 짙은 그림자가 같은 크기로 길어진 지 오래였다.

이른 아침, 집 거실 바닥과 집기마다 얇은 먼지가 내려앉았다. 수납 테이블 위의 실내용 야자수가 더 길어진 이파리를 내밀고 있었다.

김의 물건들도 여전히 소파에 널브러진 상태였다. 유심히 내려다보던 한은 방진 마스크 한 장을 집었다. 곧 신발을 신고 현관문 고리를 잡으려는데, 손가락을 꼼지락거리며 다시 거실 바닥을 밟은 한은 중식도를 잡자마자 부엌으로 향했다. 싱크대 수납장에서 꺼낸 신문지 뭉치를 테이블에 올려놓았다. 한 장의 반을 찢곤 중식도의 날을 감쌌다.

김을 앉혔던 오름 인근의 썩은 벤치가 주행 중인 차의 앞 유리창으로 스쳤다. 텅 빈 도로가 광막히 펼쳐졌으나 동쪽에서부터 스민 옅은 안개로 순식간에 짙어졌다.

한은 전조등을 켰다. 내비게이션에 뜬 목적지까지의 거리가 얼마 남지 않았지만, 도무지 시야 확보가 안 됐기에 길가로 핸들을 돌려 정차했다. 콘솔박스에서 피 묻은 전술 장갑을 꺼내 열 손가락을 집어넣었다. 조수석 시트에 놓인 중식도를 들고 밖으로 나갔다.

흔히 보였던 미개발지의 잡풀들까지 가려져 있었다. 한 또한 얼굴과 봄버 재킷만 드러난 상태였다. 방진 마스크에 맺힌 물기와 옷자락으로 스미는 습기를 뚫으며 나아갔다. 밟히는 조약돌들도 쉬이 으깨지기 일쑤였다. 어느덧 한은 자신의 차와 꽤 멀어지고 있었다.

찰나였다. 멀찍한 뒤에서부터 번뜩인 쌍심지가 엔진음을 내며 점차 가까워졌다. 한은 얼굴 전체가 전조등 빛에 희미해지자 낮은 높이로 뛰어올랐다. 미개발지로 몸을 던졌으나 허리춤에 집어넣었던 중식도가 잡풀 속에 빠졌다. 검은 승합차가 방향을 틀어 급정거했다. 꺾인 타이어와 지면 사이로 옅고 흰 연기가 피어올랐다. 운전석에서 내린 사람은 진영이 문자에 첨부했던 사진 속의 연구원 2였다. 한은 단숨에 일어났다.

한참 동안 승합차 후미의 붉은 비상등이 깜빡거렸다. 서로를 향해 들끓는 침묵만을 발산했다. 지그시 각자의 오른발을 뒤로 밀었다. 한과 연구원 2가 튀어 오르듯 달려들었다. 휘두른 주먹에 둔탁한 마찰음이 울려 퍼졌다. 팔과 다리를 높이 뻗을수록 안개 또한 그 방향대로 갈려 나갔다. 한은 얼굴이 돌아가고 다리가 비틀거려도 꼿꼿해지고자 으르렁거렸다.

한은 끝내 마스크를 벗었다. 앙다문 이 사이로 핏물이 흘러내렸다. 계속 땀방울을 떨굴 때마다 멍이 하나씩 늘어났다. 애써 연구원 2의 옆구리를 서너 방 강타했으나 효과는 잠깐이었다. 결국 걷어차여 밀려날 뿐이었다.

몸의 둥근 구겨짐을 펴낸 연구원 2가 신발 밑창 자국까지 다 털어낼 때, 한은 역류할 것만 같은 침을 삼키면서도 가드를 올렸다. 금세 가까이 온 연구원 2에게 멱살을 잡혔다. 한의 두 발이 땅과 슬슬 멀어졌다. 한은 열 손가락 들썩이는 두 손으로 연구원 2의 손목을 붙잡았다. 그럼에도 검은자위가 뒤로 넘어가며 눈꺼풀이 닫혀갔다. 높이 들린 한은 반원을 그리며 떠올랐다. 검붉은 핏방울이 도로와 풀잎에 분분히 떨어졌다. 한은 미개발지에 내리꽂혔다.

안개가 걷혔다. 흐린 하늘 아래서 눈을 뜬 한은 안으로 말렸던 숨과 질퍽한 핏덩어리를 게웠다. 축 늘어져 잡풀을 누른 핏덩어리를 두고, 포복 자세로 기어 멀찍이 널브러진 중식도를 향해 손을 뻗었다. 도로 끝에 서서 주먹을 딛으며 넘어지고 일어나기만 반복했다. 주변을 둘러보니 검은 승합차가 이미 가고 없었다.

자신의 차로 돌아온 한은 쓰러지다시피 운전석으로 몸을 들이밀었다. 열려있는 콘솔박스로 손을 넣었다. 갈색 종이봉투를 털어 조수석 시트로 모르핀과 주사기를 떨궜다. 한은 주삿바늘을 모르핀 뚜껑에 꽂고 피스톤을 당겼다. 투명한 모르핀이 주사기의 몸통을 금방 채웠다. 한은 망설임 없이 허벅지로 주삿바늘을 찔렀다. 피스톤을 누르며 짧은 신음을 뱉었다. 목을 젖힐수록 시트 목받이가 휘었다. 모르핀 정량이 모조리 스며들었다. 두 눈에 조금이나마 담겼던 생기가 뙤약볕의 땅처럼 메말랐다. 더 지체할 새 없었다. 한의 차가 질주했다.

숨 가빠진 한은 잡풀 자란 경삿길로 급히 핸들을 꺾었다. 덜컹거리며 평지에 들어섰다. 솔 연구소의 본거지인 대형 폐공장 앞으로 정신없이 급정거했다.

한은 정문을 걷어찼다. 2층 공실에서 화들짝 놀라며 나온 연구원 2를 올려다봤다. 그가 차분히 계단을 타고 내려왔다. 한은 주먹을 쥐었다. 1층에 다다른 연구원 2가 도로에서처럼 한의 멱살을 잡아 올렸다. 한은 얼굴이 붉어지는데도 팔과 다리를 휘두르지 않았다. 외려 편안한 미소를 지었다. 슬며시 허리춤에서 꺼

낸 중식도를 휘둘렀다. 날을 감쌌던 신문지가 반으로 잘려 나풀
거렸다.

연구원 2의 머리 정중앙에 중식도의 날이 깊숙이 박혔다. 한
은 중식도 자루 쥔 손을 미끄러뜨리듯 뒤로 뺐다. 갓 터진 석유
처럼 피가 솟구쳤다. 아래로 떨어진 한은 검은자가 좌우로 쏠린
연구원 2에게 달려들었다. 단 한 보의 뒷걸음질조차 용납할 수
없다는 기세였다. 넘어뜨린 그를 중식도로 내려쳤다.

날이 살가죽과 머리뼈를 규칙적인 리듬처럼 파고들었다. 한
의 무감한 얼굴에 핏방울이 튀었다. 바닥에 흥건해진 피가 종이
쪼가리와 흙먼지들을 삼켜갔다. 가까스로 칼질을 멈춘 한은 굽
혔던 무릎과 허리를 폈다. 등의 올빼미 실루엣이 느린 호흡에 맞
춰 오르락내리락했다.

어디선가 긴 진동이 울렸다. 연구원 2의 바지 주머니였다. 한
은 실금 그어진 핸드폰을 꺼냈다. **[장도학 소장님]**이라는 저장명
이 뜬 화면을 옆으로 비볐다.

"어, 다 끝낸 거야?"

중년 남성의 질문에 대한 한의 답은 옅은 숨소리였다. 중년 남
성이 의아함을 담아 되물었다.

"여보세요?"

한은 입을 열어 낮은 목소리를 냈다.

"아직 안 끝났는데⋯⋯."

핸드폰 스피커로 짧은 정적에 이어 깊은 콧김이 뿜어졌다.

"그쪽 누구예요, 대체?"

한도 되묻기로 응수했다.

"어디 계세요?"

"뭐요?"

"안 보여서. 어디 계시냐고⋯⋯."

비틀거린 한은 피 묻은 신발 밑창 자국을 내며 뒤로 물러났다.

"그쪽이 연구원들 해코지한 사람이죠?"

"그쪽은 내 친구 죽인 사람이고요⋯⋯. 맞죠?"

"내가요?"

"예."

주고받는 물음표가 더 늘어날 기미였다. 한은 장갑의 겉감이
짓이겨질 만큼 중식도 자루를 다잡았다. 깨진 유리창으로 땀줄
기 흐르는 한의 흐릿한 옆모습이 조각 나뉘어 일렁였다.

중년 남성이 차분함을 갖추고 질문을 바꿨다.

"뭘 원하시는지 알고 싶네요."

순식간에 턱이 떨려온 한은 중식도의 핏물을 털어냈다. 혀와

입천장이 맞닿고 떨어지길 반복했다. 바삐 돌던 환풍기 날개가 멈췄다. 싱크대 헤드에 맺혀 스테인리스로 떨어지는 묵직한 물방울도 멎었다.

정문이 반쯤 열렸다. 한은 넋 나간 눈을 내보였다.

"얘기 좀 할까요?"

중년 남자가 느지막이 고요함을 깼다.

"예……. 만나죠."

한은 전화를 끊으며 핸드폰을 가벼이 던졌다. 엄지 뼈마디를 주먹 쥐어 풀었다. 중식도를 허리춤에 도로 넣곤 헝클어진 앞 머리카락을 뒤로 넘겼다. 연구원 2에게 다가갔다. 펼친 방수포로 가렸다.

제정신을 되찾은 한의 시야에 또 잡힌 건, 큰 실험대 위에 가지런히 놓인 도구들과 솔잎들이 담긴 지퍼백 여러 개였다. 성난 기색으로 돌변하자마자 실험대 위의 물건들을 남김없이 밀었다. 비커와 플라스크 여러 개가 산산이 깨졌다. 움켜쥐어 뜯어버린 지퍼백으로부터 솔잎들이 흩날렸다.

어느새 폐공장 주변이 소리 없이 칠흑으로 뒤덮여 있었다. 한은 정문을 활짝 열었다. 찬 밤공기에 얼굴이 하얘졌다. 뒤꼍에서 타이어 구르는 소리가 들려왔다. 내부 사방에 전조등 빛이 희미하게 뻗쳤다.

녹슨 뒷문이 열렸다. 연두색 바람막이와 정장 바지 차림의 중년 남자가 등장했다. 연구원 2의 핸드폰 화면에 이름으로만 떴던 도학이었다. 그가 먼저 눈인사를 건넸다. 한은 답례를 하지 않았다. 도학이 우람한 윤곽의 방수포와 말라붙은 피, 깨진 실험 도구들과 짓밟힌 솔잎들을 훑었다. 2층을 올려다보고 나서 한에게 말했다.

"올라가실까요?"

도학이 먼저 철제 계단을 타고 올라갔다. 한은 족히 열 걸음 뒤로 떨어져 그를 따라갔다. 맨 끝자락의 응접실 앞에 멈춘 도학이 문을 열고 한을 기다렸다. 2층에 발을 딛은 한은 도학의 평온한 표정에 이끌리듯 나아갔다.

벽 전체가 갈색 방음재로 뒤덮인 내부엔 기다란 회의용 테이블만 떡하니 있었다. 도학이 의자를 뒤로 빼주고 자신의 자리로 향했다. 한은 들어오며 문을 닫았다. 꺼낸 중식도를 테이블에 올려놓았다. 핏물이 말라붙은 중식도의 날을 빤히 내려다보는 도학에게 좁쌀만 한 긴장감조차 보이지 않았다.

"군에서 뭐, 군의관을 하셨나요? 팬데믹 때? 진료소에 계셨겠네요. 그러셨나요?"

봄버 재킷의 적십자 마크와 태극기 마크를 본 도학의 질문이었다. 한은 침묵했다. 그의 얼굴에 깊게 새겨진 길고 짧은 주름들을 셌다.

"이미 결정하셨나 봅니다. 선생님, 저 혹시…… 실례가 안 된다면 제 얘기 좀 들어주실래요?"

도학이 깍지 낀 손을 테이블에 얹었다. 한은 자연스레 검지 끄트머리를 중식도 자루 가까이로 옮겼다.

"제 안사람은 여리여리한데도 무거운 물건을 혼자서 잘 들었어요. 그 사람이 진짜 여장부였죠. 공고 토목과 출신에 안 해본 일이 없었으니까요. 겨울에 긴팔 한 장만 딸랑 입어도 감기 걸린 걸 본 적도 없어요."

엷은 미소를 지은 도학의 모습에도 한은 쉬이 경계심을 삭이지 않았다.

"어릴 적부터 병치레했던 저랑은 달랐어요. 아들내미 둘 있는 것도 다행히 즈그 엄마를 닮아서 걱정을 안 했어요. 한의원서 보약 달여 먹는 사람도 나 하나였으니까. 그런데 팬데믹이 왔네? 나는 지레 겁먹어서 안사람한테 백신 맞자 졸랐고, 접종을 하긴 했어요. 처음엔 등이 아프다고 하데요? 그러더니 픽 쓰러져요."

한은 눈가에 실었던 힘이 풀리려 했다. 도학이 깍지 푼 오른손

제3의 얼굴들

을 주먹 쥐었다.

"반병신이 됐어요. 풍 맞은 노인네처럼요. 밥 한 숟갈도 먹을 수가 없어서 몸이 점점 막대기가 돼요. 내가 오래 봤던 안사람 얼굴이 아니었어요. 무슨 말을 하려고 막 웅얼거려요. 그런데 뭐라는지 하나도 모르겠더군요. 그러고 나서 뭐가 남았겠어요? 없어요. 상 치르는 거지⋯⋯. 빈소가 되게 조용했는데 그나마 핸드폰 하나는 시끄럽더라고⋯⋯. 안사람 친구들이 보낸 부조였어요. 그게 다였죠."

도학의 응시에 한 치의 흔들림도 없었던 한은 차디찬 묵직함이 밀려온 탓인지, 눈 감은 환자들의 창백한 낯빛과 수평으로 멈춘 바이털 사인이 떠오른 건지, 도무지 고개를 들어 올릴 수 없는 모양새였다.

그 상태 그대로, 주변의 소리가 잦아들었다. 앵커의 차분한 설명과 기자의 긴박한 보도가 뒤엉켜 들려왔다. 백신, 부작용, 사망률, 명확한 발음으로 한의 귀를 찔렀다. 이동형 침상의 바퀴 소리까지 치고 들어왔다. 얼어붙은 한의 얼굴이 여진처럼 흔들리기 직전, 주름지고 부은 손이 테이블을 내려쳤다.

"꼭 너 같은 새끼들이 문제였지."

도학의 말투가 달라졌다. 흠칫할 것도 없었다. 한은 그제야 스며들 듯 되찾은 살기를 드러냈다. 도학이 말을 이었다.

"주사만 놓고, 약이나 치고, 세금 축내는 너 같은 새끼들이 뭘 알아? 뭘 했어? 나는…… 느그들이 입 닥치고만 있을 때, 시키는 대로만 했을 때, 우리 같은 사람들 때려잡고 수갑 채울 때, 죽어가는 사람들을 밤새 살리려고 했어. 당신네가 안 했던 걸 우리가 한 거야. 응당 해야 했던 거야."

한과 도학의 자리로부터 테이블 다리가 동시에 떨려왔다. 날 위로 형광등이 비친 중식도 또한 덜컹거렸다.

"잊어버리면 안 돼. 나 말고도 많아."

눈을 붉힌 도학이 미소를 지었다. 한은 그를 향해 한쪽 입꼬리만 가벼이 올렸다. 중식도 자루를 한 움큼 쥐었다. 그에게서 눈물 한줄기가 흘러내렸다. 한은 달려들었다.

오름 인근의 벤치에 까치들이 종종거렸다. 날갯짓 사이로 걷혀가는 안개 속에서 한이 걸어오고 있었다. 손을 얹은 왼쪽 복부에 피가 울컥거렸다. 손가락 사이로도 검붉은 줄기가 흘러내릴수록 입이 타들어 갔으나 겨우 다다른 후, 한은 등받이를 붙잡으며 검은 진물 자국 옆에 앉았다.

고개 돌린 한은 김을 앉혔던 자리에 물든 흔적임을 알아차렸다. 잔잔히 밀려오는 뜨거움을 삼키며 눈꺼풀을 올리고자 했다. 그러나 얼마 못 견뎌 등받이에 등을 붙였다.

　어느새 창백한 낮에 너른 햇빛이 번졌다. 이목구비가 사라질 것만 같은데 긴 단잠에 접어든 듯, 인상 한 번 찡그리지 않았다. 늘 안개에 덮였던 미개발지의 먼 너머까지 드러났다. 아무것도 없었다.

「돌파」 코멘터리

- 「돌파」는 2013년에 제주도 수학여행 길에서 봤던 커다란 워싱턴 야자수로부터 영감을 얻었습니다. 더 나아가 코로나19에 맞섰던 방역 공무원들을 보며 구체적으로 살을 붙였습니다.

- 일부 참고했지만, 작중 '팬데믹'은 현실의 코로나19와의 큰 연관이 없는 가공의 전염병 사태입니다. 인류가 가공의 팬데믹을 극복한 지 5년이 지난 시점입니다. 전 세계 행정부의 강력한 봉쇄령에도 사망자 수가 줄지 않았던 때가 있었습니다.

- 엔데믹 선언 이후, 공업 단지를 비롯한 물류창고 및 유통창고, 공장과 같은 집단 사업장마다 그 사업장 소속의 '방역소독부서'가 설치됐습니다.

- 작중 한은 팬데믹의 아수라장에 차출됐던 육군 의무부사관 출신입니다. 이 설정은 실제 코로나19 방역 현장의 의사들과 국군 현장지원팀, 베트남 전쟁으로 인한 외상 후 스트레스 장애를 겪었던 참전 용사들의 모습을 참고했습니다.

- 소설을 쓰며 봤던 영화들은 마틴 스코세이지의 <택시 드라이버>, 박찬욱의 <복수는 나의 것>, 니콜라스 빈딩 레픈의 <드라이브>, 토드 필립스의 <조커>입니다.

제3의 얼굴들

- 등장하는 인물, 사건, 제품, 단체 등은 허구임을 밝힙니다.

픽
셔

제3의 얼굴들

제3화

창조의 부름

미광연립 A동 외벽의 긴 꼬리 같은 얼룩과 흐린 하늘 사이, 낮게 떠올라 좌선에 든 어떤 이에게 미풍이 불어왔다. 품 넓은 군청색 재킷이 불어오는 방향대로 납작해지고, 방수페인트 칠해진 바닥에 종이컵과 담뱃갑이 구르는데도 모르는 낌새였다.

깊이 심호흡한 어떤 이는 바닥에 사뿐히 발을 디뎠다. 금강 합장[8]을 먼 하늘로 올렸다. 몸을 비틀어 뼈마디를 풀었다. 왼쪽 가

8   양 손가락을 엇갈려 포개는 합장 방식. 불교의 밀교 종단이 사용한다.

습팍에 아크릴 명찰을 달았다. [정도아]라는 이름이었다. 도아는 헝클어진 머리카락을 모아 묶었다. 색 바랜 붉은 반점이 미간에 박혀있었다.

도아는 먼지 밟히는 복도에 들어섰다. 그리 높지 않은 계단을 잰걸음으로 내려갔다. 현관문마다 붙은 전단들이 도아의 손에 떨어져 나갈수록 작고 기다란 스티커들이 드러났다. 101호 현관문에도 붙어있는 [20240325-207 아심중학교 참사를 추모합니다.]라는 스티커였다. 다 모은 전단들을 접고 또 접은 도아는 추모 스티커의 주름진 부분을 쓸어내렸다. 갈색 얼룩만 미끄러졌다.

도아는 공동 현관문 밖으로 나왔다. 멀찍한 곳에서의 미세한 소리가 귀 끝에 닿아 움찔했다. 고이 접히다 못해 휘어버린 전단들을 내팽개친 도아가 급히 달려간 곳은 C동과 D동 사이였다.

낡은 유모차와 납작한 상자들이 널린 상황이었다. 이 시간만 되면 산책한답시고 나오는 이웃 노인이 쓰러진 줄 알았던 도아는 나직한 한숨이나마 내쉴 수 있었다. 바로 유모차를 일으키려다 잠긴 목을 긁었다. 팽이 때리는 듯한 기침을 했다. 화단의 잡풀 사이로 피 섞인 가래를 뱉었다.

얼마 지나지 않아 상자 위로 검붉은 핏방울도 떨어졌다. 긴 물줄기처럼 흐르기까지 금방이었다. 도아는 머뭇거릴 새 없이 유모차 손잡이에 걸린 목장갑으로 코와 입을 틀어막았다. 목장갑이 금세 흥건해졌는데도 표정 한 번 일렁이지 않았다. 인중의 핏자국만 대강 닦아냈다.

날 개인 이른 오후로 접어들었다. 통창 낀 관리실 데스크엔 갈색 염주가 걸린 동자승 장식품으로부터 작은 그림자가 뻗쳤다.

도아는 데스크 끄트머리에서 핸드폰을 만지작거렸다. 곧 다가올 아심중학교 참사 10주기 추도식 관련 기사들이 떠 있었다. 기사 하나를 눌러 접속했다. 첫 문단부터 배치된 위령비 사진을 손가락 펼쳐 확대했다. 위령비 옆에 놓인 자그마한 명패가 뭉개진 저화질로 드러났다. 눈가와 동공에 핸드폰 화면의 빛이 번졌다.

군청색 점퍼를 벗으며 들어온 남국이 동자승 장식품에 은색 염주를 걸었다. 의자에 앉아 급히 수첩을 펼친 도아가 뭘 보고 있었는지 얼추 뻔 눈치였다. 남국이 입을 열었다.

"좌우지간 너도 징하다……."

남국도 의자에 앉았다. 도아는 가슴과 아랫배 사이가 아릿해졌다. 마치 살얼음이 스민 듯, 수첩을 내려다보는 자세 그대로 굳었다.

"참……. 전 관리동 전단지를 댓바람서부터 다 떼버리는 애는 너밖에 없을 거여. 어? 젊은 게 좋긴 좋지? 너 안 피곤해? 방송

국에다 제보라도 해주랴? 방송 그거 죄다 조작이여. 부업 삼을 건 못 된다. 그냥 저기, 저, 브이로그 찍어, 차라리. 그게 보기 예쁘잖애. 그래, 안 그래?"

평소에 들어볼 법한 남국의 넉살 좋은 말투였다. 그제야 남국을 향해 몸을 튼 도아는 하루 중 처음으로 입꼬리를 올렸다.

남국이 핸드폰 커버를 열었다. 환경 정비 분담제에 관해 전 동장들에게 연락을 다시 돌리라는 것, A동장과 D동장 빼고 다른 두 동장이 조용하다는 것, 그중 C동장 형님이 꼭 뭘 먹여야 반응하니 소주 한잔 사야겠다는 것, 원숭이가 그 인간보다 착할 거라는 내용을 알렸다. 도아는 첫 번째 전달 사항만 적었다. 입꼬리가 씰룩거렸다. 수첩을 접으며 다시 통창 쪽으로 몸을 틀었다. 들썩이는 도아를 느지막이 본 남국도 한참 실실거렸다.

웃음 섞인 복통을 가라앉힌 도아는 두 손을 얼굴에 얹었다. 짧은 헛기침으로 작은 웃음기까지 끊는데, 뜸 들이는 기색의 남국과 마주쳤다. 그가 어떤 말을 할지 대번에 간파한 도아는 동공을 가만히 둘 수 없었다.

"도아가 인저 추도식에 오면 어떨까 싶어서……. 꿈자리서 세림이가 나와. 애가 계속 널 찾는 게, 아마 즈 친구 보고 싶어서 그런가 싶기도 해. 오죽하면 애 엄마도 나한테 그러더라. 괜찮으니까 나오라고."

제일 친했던 친구의 이름이었다. 도아는 알겠다는 답 대신 미세한 끄덕임만 내보였다. 미소 지은 남국이 담배 한 개비 피우러 밖으로 나갔지만, 도아는 통창 한가운데의 얼룩에 시선을 맞추기만 했다.

해가 짧아졌다. B동 주차장 쪽 화단에 널린 담배꽁초마다 옅은 연기가 넘실댔다. 비품 창고 지붕에 묶인 방수천 아래의 그늘에서 진한 담배 연기가 뿜어져 나왔다.

어둠 속에서도 도아의 창백한 피부는 선명히 드러났다. 지나가는 중년 부부들이 그곳을 힐끗대다 흠칫했으나 제 갈 길 갔다. 도아는 친구들의 부모님들임을 알기에 눈인사를 건넸다. 시야에서 멀어졌어도 담배 불씨를 튕겨 털지 않았다.

관리실 옆 사랑방으로 사람들이 여럿 들어갔다. 밝은 실내등 아래의 원탁에 모여 앉았다. 가운데에 선 남국의 주도로 유족회 회의가 열리려는 모습이었다. 도아는 B동 외벽에 몸을 숨기고 있었다. 가벼운 잡담부터 나누는 어른들이 눈에 들어오지 않았다. 사랑방 통창 끄트머리로 찍히는 희미한 손바닥 자국에 초점이 맞춰졌다. 도아는 뒷덜미에 저울추가 실린 듯했다. 뒤로 물러

날수록 얼굴과 몸에 두꺼운 그림자가 드리워졌다.

도아에게 혼자 살아남은 몸이란 먼저 떠난 친구들을 위해서 고행으로 깨닫는 길이었다. 관광버스가 추락하며 온몸이 바스러졌던 통증은 아무것도 아니었다. 쉼 없는 명상과 기도 속에서 자신의 한계점에 울화가 치밀면, 합동분향소에서 울다 쓰러진 부모님들을 떠올렸다. 영정 사진 여러 장에 담긴 얼굴들과 동네 길목에 아로새겨진 흔적을 직시했다. 눈물 줄기로 흘려낼수록 언젠가부터 안 보이던 게 보였다. 안 들리던 것도 들려왔다. 부수지 못하던 것 또한 부술 수 있었다. 더 나아가 뒷산 암자 뒤꼍에서 스님들 몰래 낮은 높이로 떠오를 수도 있었다. 매사 올려다보기만 했던 관세음보살상과 눈을 맞춘 이후, 도아는 깊은 밤이 올 때면 아심중학교 정문에 멈췄다. 문손잡이에 감긴 쇠사슬을 잡고서 눈을 감았다. 읊는 진언에 숨을 섞을수록 새끼손가락이 떨렸다. 운동장의 인조 잔디가 스산히 흔들렸다.

그리고 도아는 우뚝 선 아파트들이 비친 검고 드넓은 호수의 산책로를 뛰었다. 뜨거운 숨이 턱 끝까지 차올랐다. 멈추고 돌아본 진흙 바닥엔 신발 앞축에 파인 자국이 뒤따르고 있었다. 근무 시간 동안 다스렸다 발산한 괴력의 흔적을 바위에 미끄러뜨려 털어냈다.

도아는 굵은 땀방울을 흘리며 널찍하고 한적한 사거리에 들어섰다. 교복 차림의 학생들이 버스에 오르고 있었다. 도아는 정류장 벤치에 앉았다. 한결 나른해졌다. 자동차 후미등의 붉고 노란빛이 마름모 모양으로 흐릿해졌다.

흙 발자국 찍힌 신발장으로까지 범종 때리는 소리가 넘어온 참이었다. 방음재가 빈틈없이 붙은 내부에서 소리가 더 깊이 울리고 있었다.

법구 지닌 팔들을 뻗은 준제관음보살[9]상에게 촛불이 일렁였다. 불단 아래의 도아는 저녁 종송의 마지막 구절을 읊고 범종채를 내려놓았다.

자리에서 일어난 도아는 윗옷을 벗었다. 잔근육과 흉터가 박인 등 뒤엔 크고 검붉은 멍이 있었다. 옷자락에 쓸려 피부가 아렸지만, 도아는 내색 없이 바닥의 나무껍질들을 발로 밀고 준제관음보살상을 향해 가부좌를 텄다.

늘 하던 대로 수인을 맺은 도아는 금강 합장을 올리고 눈을 감았다. 머리카락 여러 올이 물에 잠긴 것처럼 부풀었다. 다부진

---

9   세상에 자주 나타나 중생들의 재난을 없애주는 밀교의 보살. 모공에서 부처들이 태어났다는 전설이 있다.

팔에 드러난 푸른 핏줄이 목 주위에도 불끈거렸다. 불단의 촛불도 높이 타올랐다. 도아는 앉아 있는 자리에서부터 멀어져 천장에 닿으려 했다. 땀줄기들이 관자놀이를 타고 온몸으로 흘러내렸다. 등에서 흰 연기가 피었다. 모든 방음재로 밝은 주홍빛이 번졌다. 준제관음보살상의 얼굴이 더 높이 치솟은 촛불에 거뭇해졌다. 도아는 눈을 뜨며 내려왔다.

주홍빛이 한층 가라앉았다. 도아는 눈빛이 맑아졌으나 머리뼈를 휘감는 통증에 이마를 짚었다. 얼얼한 뺨 위로 손등을 갖다 댔다. 주춤 일어나 전신 거울을 뒤덮은 보자기를 걷었다. 날리는 먼지 사이로 몸이 보였다. 스포츠 브래지어의 끈을 축였다. 뒤돌아 등을 내밀었다. 멍은 옅어지고 쪼그라들 뿐이었다. 신력을 끄집어낸 지 다섯 해가 지나 기침과 코피가 심해지고 멍도 커졌다. 잠들기 전마다 직접 치유하더라도 얼마 못 가 도지길 반복했다. 도아는 이 답답함에 도무지 익숙해지지 않았다. 잔 머리카락들을 눌렀다. 문을 열어젖혔다.

거실 바닥에 발을 디딘 순간, 찔러 들어온 냉기가 척추를 타고 정수리까지 파고들었다. 바로 앞에 있는 화장실 문이 닫히다 못해 잠겼다. 이어서 억양 하나 실리지 않은 극도의 저음이 고막을 눌렀다. 도아는 소리로만 듣고도 알아차렸다.

꽉 채워 앉은 검은 형체 중 하나가 진언을 읊고 있었다. 똑같이 이목구비 없는 다른 형체들이 하나씩 찢어지듯 입을 벌려 화음을 쌓았다. 도아의 낯빛이 창백히 질려버렸다. 양쪽 귀에서 붉은 핏물이 흘러내렸다. 동공마저 돌아갔다. 허리라도 틀려 했다. 그것도 안 되니 발바닥을 떼고자 무릎을 들썩였다. 이미 진언의 목소리가 높아지며 천장이 주저앉으려 할 때, 검은 형체들이 입을 다물었다.

눈물 맺히며 비로소 경직이 풀렸는데, 동시에 고개를 쳐든 검은 형체들이 대거 기어와 덮쳤다. 무리 사이에서 뻗친 야윈 손이 발목을 낚아챘다. 도아는 소리 한 번 못 내고 넘어졌다. 질질 끌려가는데도 몸부림치지 않았다. 뱃속을 후벼파도 상관없다고, 지금이 오기까지 기다렸다고, 얼른 끝내라는 기색이었다. 그렇기에 검은 형체들이 도아의 팔다리를 잡아 벌렸다. 마치 거열형을 집행하는 것처럼 그들이 조금만 뒤로 물러나면 찢어질 기세였다. 도아는 눈을 질끈 감아 통증을 삼켰다. 이미 눈물 범벅된 눈꺼풀을 올리려는 차, 뒤에서 등장한 검은 형체가 으르렁대며 송곳니를 들이밀었다. 도아의 긴 비명에 사방이 암전됐다.

아침이 밝은 원주 방향 고속도로 인근 공터 전체가 시끌벅적

했다. 한숨 쉬며 서 있는 남국과 유족들의 다리 사이로 경찰 근무복의 바짓단이 스쳤다. 무전기 신호음과 잡음도 정신없이 뒤섞였다. 도아는 굽혔던 무릎을 폈다. 어른들의 등과 어깨로 손을 뻗어 비집었다.

도아는 경찰 저지선 앞에 섰다. 먼발치의 고속도로를 등진 위치, 이미 희생자 위령비는 으스러지고 조각난 상태였다. 강력반과 과학수사대뿐 아니라 근무복 차림의 경관들까지, 일제히 작업을 멈추자마자 도아에게 고개를 돌렸다. 급히 가로막은 경관들이 현장 책임자의 손짓에 마저 다 비켜줬다. 도아는 허리 숙여 저지선을 넘었다.

도아의 시야가 훤히 트였다. 온라인 기사 속 사진대로 위령비 옆에 있어야 할 명패가 보이지 않았다. 도아는 사건 현장에 도착하기 전부터 굳힌 얼굴 근육을 하마터면 무너뜨릴 뻔했다. 왼쪽 동공을 속히 세로로 좁혀도 다를 바 없었다. 대리석 마감재 주변은 실금 하나 없이 뽑힌 흔적이 여실했다. 도아는 자신과 같은 신력을 지닌 이의 소행임을 조용히 간파한 낌새였다. 곧 동공 모양을 되돌리다 비틀거렸다. 유족들과 경찰들이 다가가려 했으나 겨우 몸을 틀었다. 도아는 맥없이 저지선 밖으로 나갔다. 내리막길의 주차장으로 향하는 그녀에게 모두의 시선이 맞춰 따랐다.

차 운전석에서 핸들 가죽을 잡아 뜯는 도아의 주변으로 막힌 목소리들이 깔렸다. 대체 명패만 어쩌다 사라진 건가, 애들 추도식까지 나흘 남았다는 유족들, 감시 카메라 녹화 파일들이 가리지 않고 전부 훼손됐다, 그래도 수사에 총력을 다하겠다는 경찰들, 빗물 자국 묻은 앞 차창으로 보이는 천막 안에서의 대화 내용이었다. 특히 도아는 감시 카메라 녹화 파일이 훼손됐다는 말을 곱씹었다. 그러더니 천천히 핸들 가죽에서 손을 뗐다. 어금니를 깨물었다. 턱선이 굵어졌다. 빛깔 없는 동공을 치켰다. 유족의 흐느낌이 더욱 선명해졌다. 도아는 금방이라도 기어를 뿌리째 뽑아버릴 기세였다.

대화가 마무리됐다. 천막 밖으로 나온 남국이 앞유리창과 가까워졌다. 주름과 그늘이 깊어진 그의 얼굴을 본 도아는 오른쪽 귀로 손가락을 튕겼다. 바로 차에서 내렸다.

남국이 망설이며 말했다.

"먼저 들어가, 도아야. 경찰들 하는 말 들어보면은 이거 오래 걸리게 생겼다. 주변에 있는 카메라도 다 나갔더래. 뭔 일인가 싶다……."

남국의 긴 설명이 이어졌다. 도아는 오른손을 연신 쥐락펴락했다. 그럴수록 손등의 푸른 핏줄들이 살가죽을 찢고 나올 것처럼 불끈거렸다.

"조금만……."

도아는 가슴 속에 쌓인 숨을 삼키듯, 입술을 떼며 낮은 목소리로 마저 말했다.

"조금만 더…… 여기 있다가 갈게요……."

도아는 끝음절을 흐렸다. 남국이 말했다.

"그랴, 알겠다. 이따가 들어와. 너무 늦지는 말고. 어른들 걱정하실라."

"네……."

남국이 천막 밖으로 나온 유족들에게 갔다. 운전석 차창으로 도아의 상반신이 비쳤다. 도아는 본인의 모습을 은밀히 봤다. 동공에 날카로운 얼음장이 맺혔다.

밤이 깊어졌다. 자동차 달리는 건너편 고속도로의 붉고 노란 빛이 한 줄기씩 잔상으로 사라졌다. 마찬가지로 위령비 훼손 현장의 바닥으로도 잔상이 뻗치고 사라지길 반복했다.

도아는 입구의 저지선 앞에 서 있었다. 어둠에 잠긴 건너편 야산을 노려봤다. 정상의 헬기 착륙장 탑이 내내 반짝였다. 끝내 저지선을 들춘 도아는 현장 안으로 발을 디뎠다. 거침없이 나아간 도아는 위령비 앞에 가까이 다다라 훼손된 흔적들을 응시했다. 주머니에서 꺼낸 기다란 백팔 염주를 오른손에 휘감고 반장을 올렸다. 명패가 있던 자리에 서서 왼손을 뻗었다. 눈을 감았다. 진언을 속삭였다. 야산에서 실린 미풍이 위령비 가까이로까지 불어왔다. 도아의 머리카락이 스산함과 함께 부풀었다.

경찰들과 구급대원들이 고갯길 주변을 바삐 누볐던 참사 당시, 등산복 차림의 젊은 여자가 역주행한 자동차에 기대앉아 있었다. 헬기와 연결된 들것에 누워 있었던 도아는 그 여자의 우는 얼굴을 똑똑히 봤다.

지금의 도아는 눈가를 가리고 말았다. 진 빠지듯 무릎 굽혀 앉고서 오른손의 백팔 염주가 스르르 풀렸다.

추도식 사흘 전의 이른 아침이 왔다. 검은 형제들이 모여 앉았던 자리엔 둥근 얼룩들이 그대로였다. 도아는 잔불로 그을린 듯한 바닥을 한참 동안 내려다보고 있었다. 얼굴 위로 바깥의 각진 그림자가 번졌다. 잎새 하나 없는 앙상한 나뭇가지였다. 그 앙상한 나무 아래, 사람 형태의 여러 그림자가 겹친 채 어느새 발끝으로까지 스몄다. 베란다 창으로 손바닥 자국까지 여럿 찍히고 사라졌다. 도아는 냉랭히 굳혔던 얼굴 근육을 풀었다. 두 걸음 뒤로 물러났다. 삼배를 올렸다.

바로 안방으로 들어간 도아는 장롱문 두 짝을 다급히 열어젖혔다. 세탁소 대형 비닐에 고이 담긴 회색 트레이닝복 세트와 마주했다. 연신 손가락을 꼼지락거렸다. 기어코 다짐한 듯이 뼈마디들을 한꺼번에 우지끈 풀었다. 옷걸이를 잡아챘다.

먼지 쌓인 자전거와 실외기가 널린 주공아파트 복도에 격한 잰걸음 소리가 울렸다. 606호 앞에 멈춘 도아는 들어 올린 주먹을 가까스로 내려놓았다. 격해진 호흡도 짧은 잔기침으로 끊어냈다. 차분히 초인종을 눌렀으나 응답과 인기척이 들려오지 않았다.

일순간, 606호의 도어록이 저절로 풀렸다. 옆구리가 서늘해진 도아는 조심스레 신발에 덧신을 씌웠다. 거실 바닥을 밟았다. 적막한 데다 부스러기조차 없었다. 베란다 창틈을 비집은 냉기가 몸을 관통했다. 도아는 눈앞에 영가들이 보이지 않았으나 소름이 끼쳤다. 들이마신 호흡이 떨리더라도 더 깊숙이 들어갔다.

도아는 티브이 수납장 한 칸을 열었다. 뒤집힌 채 보관된 액자 중 하나를 꺼냈다. 산 정상에서 환히 웃는 얼굴로 서 있는 젊은 여성의 사진을 확인했다. 현관문이 열렸던 순간에 혹여 잘못 찾아온 게 아닌가 싶었으나 확실히 그 여자가 맞았다. 적어도 사진

제3의 얼굴들

에서만큼은 예전 그 모습에 멈춰있었다. 큰 선글라스를 쓴 얼굴일지언정 장장 십 년 동안 잊을 수 없었다. 도아는 액자를 내던지려는 충동을 누르고자 어금니만 깨물었다.

도아는 부엌으로 향하려다 식탁 앞에서 멈췄다. 얼룩과 접착제 찌꺼기가 묻은 콜택시 명함 한 장이 덩그러니 있었다. 도아는 뒷덜미를 타고 오르는 수상한 감을 받아들였다. 콜택시 명함을 들고서 왼쪽 귀에 손가락을 튕겼다. 희미하게 드러난 지역 번호 033으로부터 뭔가 보이고 들렸는지, 도아는 오른쪽 귀에 손가락을 튕겼다.

"강원도 속초시 설악동…… ○○ 다시 ○ 번지……."

입 밖으로 속삭이듯 나온 주소였다. 도아는 한때 들르려 했으나 갈 수 없었던 곳의 근처임을 알 수 있었다. 찬바람을 날리며 속히 움직였다.

구부러진 심지로 성냥불이 올랐다. 불상들과 조립식 선반 부품들이 구석에 정리된 불교용품점 한가운데였다. 도아는 등 뒤로 촘촘히 뻗은 천 개의 손과 성난 세 얼굴을 지닌 시타타파트라[10] 그림 앞에 섰다. 도아는 다리를 어깨너비로 벌렸다. 금강 합장을

---

10 초자연적인 위험으로부터 중생들을 보호하는 밀교의 보살. 자신만의 주문으로 악을 섬멸한다는 전설이 있다.

올리고서 지그시 눈 감으며 수인을 맺었다. 동시에 진언을 읊기 시작했다.

미간의 붉은 반점이 일렁였다. 바닥의 먼지들이 낮은 높이로 떠올랐다. 시타타파트라의 얼굴들로 빛과 그림자가 스칠수록 몸 곳곳에 잔근육이 붙고, 손등과 팔 위로 핏줄이 치밀 때, 도아는 진언을 멈추며 전보다 충만해진 원기로 이글거렸다. 울대까지 차오른 숨을 내쉬었다.

초 심지를 누른 도아는 칠흑 속에서 문을 열었다. 또 다른 칠흑 너머의 밝은 골목 초입이 작은 구멍처럼 보였다. 먼 훗날에야 뼈를 부수고 살을 도려내야 갈 수 있다고 소리 없이 되뇌었다. 전조등이 환해졌다.

긴 터널이 펼쳐졌다. 핸들을 꽉 쥔 도아는 아득한 곳을 노려보며 질주했다. 어떠한 차들도 불쑥 들이닥쳐 시야를 가리지 않았다. 핸드폰 내비게이션 화면이 붉게 깜박였다. 도아는 속도계의 바늘을 한 바퀴 돌릴 기세로 빠져나갔다.

고속도로 너머의 검고 우람한 윤곽들이 앞 차창을 한가득 채웠다. 자정을 갓 넘길 무렵에 강원도 속초시로 진입했다는 안내음이 나왔다. 도아는 한참 후에 샛길로 빠졌다.

도아는 인도마다 크고 앙상한 나무들이 줄지어 선 도로를 더 달렸다. 설악동 숙박 단지의 종합상가까지 얼마 안 남았다는 안내음에 속력을 줄였다. 물이 다 말라버린 긴 계곡과 담쟁이덩굴에 묶인 폐건물, 대형 차량 서너 대가 전부인 드넓은 공영주차장을 지나치고 있었다.

진입로마저 지난 세기의 누추함이 그대로였다. 이내 설악동 숙박 단지의 종합상가 앞으로 도아의 차가 멈춰 섰다. 도아는 시동을 끄고 운전석 문을 열었다. 적막한 산 아래 길바닥에 내려앉은 찬 공기가 발목을 어루만지는 느낌이 끼쳤다. 목에 두른 백팔 염주를 상의 속으로 집어넣었다. 긴 숨을 들이마시며 왼쪽 귀에 손가락을 튕겼다. 눈꺼풀의 경련으로도 모자라 두통까지 밀려왔다. 양쪽 관자놀이를 지그시 눌렀다. 숨을 내쉰 동시에 천천히 얼굴이 펴졌다. 숙박 단지 입구를 향해 무거운 한 걸음을 떼 나갔다.

속삭였던 주소지의 건물이 칠 벗겨지고 색 바랜 설악동 안내도에 적혀있었다. 한달음만이었다. 도아는 유스 호스텔 정문에 섰다. 검은 물때가 잔뜩 낀 외벽, 뜯겨나간 부분에 훤히 드러난 골격들, 숙박 단지의 다른 건물들과 마찬가지로 버려진 흔적들이 만연했다.

도아는 걸음을 옮겼다. 층마다 녹슨 실외기가 널린 유스 호스텔의 뒤꼍이었다. 아래에서 위로 훑은 도아는 족히 일곱 걸음을 물러났다. 허리 숙여 활개근을 돌렸다. 바닥의 잡풀이 날릴 정도로 질주했다.

도아는 높이 뛰어올랐다. 3층의 난간과 실외기부터 하나씩 밟았다. 방수페인트 일색의 텅 빈 옥상에 다다랐다. 바닥을 뚫고 나온 굵다란 전선들을 곧장 넘어 다녔다. 도아가 향한 곳은 굴뚝 모양의 출입구였다. 한가운데에 검은 손바닥 표식이 그려진 문을 당겼다.

어둠 속, 도아는 5층 복도로 들어선 듯했다. 손전등의 하얀 불빛에 벽력처럼 금 뻗친 천장과 내벽이 드러났다. 무거운 걸음을 뗀 이후로 모퉁이와 가까워지려 했다. 어느 객실 문이 저절로 열리는 소리에 흠칫한 도아는 급히 손전등을 겨눴다. 505호였다.

도아는 곰팡이와 구정물 얼룩으로부터 풍기는 악취에 코를 가렸다. 왼쪽 귀 끝이 들썩였다. 부엌의 선반형 수납장 앞에 섰다. 먼지 쌓인 녹슨 스테인리스 커피포트 뒤로 손을 집어넣었다. 도아는 백색 부적 여러 장에 휘감긴 물건 하나를 꺼냈다. 한 장씩 벗겨낸 후에 드러난 물건은 소형 목각 인형이었다.

부적들이 타올라 사라졌다. 도아는 미간이 일그러졌다. 검붉은 멍이 자리 잡은 옆구리를 붙잡았다. 동시에 열린 문 너머로 어떤 형체가 딸각이며 복도 모퉁이를 지났다. 침착히 싱크대로 밀착한 도아는 고개만 내밀어 복도 쪽을 쏘아봤다.

서서히 딸각거림이 멀어졌다. 도아는 소형 목각 인형을 다용도 벨트 주머니에 넣었다. 복도로 나온 도아는 멈춰 섰던 곳에서부터 다시 움직였다. 모퉁이 벽과 가까워지며 방향을 틀었다. 마냥 어둡고 아득한 복도가 또 펼쳐졌다.

도아는 잰걸음으로 나아갈수록 더 속력을 내기 시작했다. 그러자 같은 보폭의 딸각거림이 들려왔다. 금방이라도 뒷덜미를 붙잡을 기세의 소리였다. 도아의 입 밖으로 거친 숨이 뿜어졌다.

도아는 비상구가 보이자 슬슬 속력을 줄였다. 딸각거림도 들려오지 않는 까닭에 굳은 손목 뼈마디를 풀었다. 비상구 간판의 불빛이 연신 깜박였다.

쌓인 숨을 몰아쉬고 담뱃갑을 꺼내려는 차, 천장으로부터 들려오는 느린 딸각거림이 가까워지고 있었다. 눈빛에 노기가 오른 도아는 다용도 벨트로 천천히 손가락을 뻗었다. 손잡이를 움켜쥐자마자 치켜든 손전등을 천장 오른쪽으로 겨눴다.

하얀 불빛 안엔 아무것도 잡히지 않았다. 오돌토돌하게 굳은 페인트 덩어리가 종유석처럼 보일 뿐이었다. 손전등을 도로 내려놓으려는 순간, 거꾸로 매달린 커다란 목각 인형이 흉측한 얼굴을 들이밀며 외쳤다.

"나마흐 사만따!"

도아는 한 치의 망설임 없이 팔꿈치를 휘둘렀다. 목각 인형의 얼굴을 가격해 떨어뜨리자마자 비상구로 빠져나갔다. 4층과 3층, 나아가 2층으로까지 땅을 좁혀 밟듯 달렸다.

깨진 안면 사이로 붉은 속살을 드러낸 목각 인형이 2층 복도에 왔다. 복도 끝자락의 문 열린 객실에서 도아가 불쑥 나왔다. 목각 인형의 가슴팍을 발차기로 가격하고서 다급히 달렸다. 뒤를 보니 금방 따라잡히기 직전이었다. 둘 다 더 속력을 낸 끝에 목각 인형이 먼저 널따란 프런트로 도착했다.

짐승처럼 으르렁대는 목각 인형이 몸을 튼 방향으로, 도아는 진작부터 멀찍이 떨어진 곳에 평온히 서 있었다. 오른쪽 귀에 손가락을 튕긴 도아는 등과 목의 뼈마디를 부러지게 풀었다. 링에 올라선 선수처럼 눈썹 높이로까지 가드를 올렸다. 똑같은 자세를 취한 목각 인형에게 들어오라며 손짓했다.

각자의 펀치와 킥마다 차디찬 공기가 썰렸다. 도아는 목각 인형의 격한 움직임을 피하며 옆구리와 얼굴을 때렸다. 살가죽이 나무에 닿고, 나무가 살가죽에 닿을수록 찰지고 으스러졌다. 그

제3의 얼굴들

타격음이 화강암과 부딪쳐 울렸다. 나아가 나무껍질 가루가 흩날려 목각 인형의 붉은 속살이 더 드러나려는데, 가슴팍을 맞고서 뒤로 밀려난 도아는 목각 인형의 공격 패턴 속으로 휘말렸다. 두 팔로 얼굴을 가렸으나 몽둥이 같은 위력에 피부가 찢어질 것만 같았다.

간신히 목각 인형의 다리를 잡은 도아는 그대로 바닥을 굴러 분질렀다. 목각 인형의 비명을 무시할 심산이었다. 복부와 가슴뿐 아니라 얼굴과 귀까지 사정없이 깨뜨렸다. 안내 데스크 모서리로 내몰린 목각 인형이 맥 빠졌을 때, 도아는 높이 뛰어올라 니킥을 날렸다. 끝내 목각 인형을 안내 데스크 뒤로 넘겨버렸다.

도아는 안내 데스크에 올라섰다. 잘려 나간 목각 인형의 상반신이 널브러졌다. 꿈틀거릴 기미가 안 보이기에 서 있던 자리로 사뿐히 착지했다. 그러는 동시에 목각 인형의 상반신이 울부짖으며 넘어왔다.

"할!"

도아는 벽력같이 꾸짖었다. 목각 인형의 상반신이 터지자 곧바로 얼굴을 가렸다. 트레이닝복 겉감에 질은 핏방울이 잔뜩 튀었으나 닦아낼 틈은 없었다. 또다시 찾아온 옆구리 통증 때문이었다. 이전과는 확연히 다른 통증이었다. 소형 목각 인형이 담긴 다용도 벨트 주머니에서도 쩍 갈라지는 소리가 들려왔다. 도아는 떨리는 손가락으로 소형 목각 인형을 꺼내 들었다. 자신의 상태와 마찬가지로 옆구리 부분부터 검어지고 있었다. 도아는 이럴 줄 알았다는 기색이었다. 들리지 않는 한숨을 내쉬었다. 왼쪽 귀에 손가락을 튕겼다. 들썩이는 왼쪽 귀 끝에 따라 동공을 돌린 곳은 안내 데스크 끝자락이었다. [관계자외 출입금지] 팻말이 붙은 문으로 향했다.

부서진 천장 마감재 사이의 파이프로부터 녹슨 물방울이 떨어지는 지하에 들어섰지만, 도아는 계단 한 칸씩 밟으며 검은 손바닥 표식 앞에 서기까지 오래 걸릴 수밖에 없었다. 젖은 밧줄에 목이 걸린 가해 차량 운전자를 맞이했기 때문이었다.

말라붙은 핏자국과 회색빛 얼굴은 숨이 끊긴 지 오래임을 알렸다. 도아는 좁게 벌어진 입술을 다물었다. 백팔 염주를 오른손에 천천히 휘감았다. 그녀를 향해 왼손을 뻗고 이전보다 명확히 발음했다.

"나모라 다나다라 야야 옴 아나바제 미아예 싯디 싯달제 사바하……."

도아는 수주수 진언[11]을 읊었다. 다섯 번 정도 읊고 나서야 억양을 실었다. 파이프와 가까운 밧줄의 묶인 부분이 한 가닥씩 뽑히듯 튀어나왔다. 도아의 왼손 약지가 꿈틀거리는 만큼 시신에 무게가 실렸다. 끝내 밧줄의 모든 가닥이 뜯어지는 동시에 파이프도 휘었다. 한참 동안 시신이 추락했다. 검은 손바닥 표식 위로 재가 되어 부서지며 땅 밑으로 빨려 들어갔다.

도아는 백팔 염주를 목에 걸었다. 그새 왼쪽 귀로 뭔가 들려온 모양이었다. 천장을 훑고서 급히 계단을 타고 올라갔다.

밖은 여전히 어두웠다. 오른쪽으로 쭉 질주해 도착한 도아 앞에 둥근 구조의 종합상가 시설이 떡하니 있었다. 왼쪽 가운데의 군청색 셔터 틈으로 뻗친 그림자 줄기가 순식간에 사라졌다. 도아는 아예 셔터 틈에 두 손을 비집었다. 힘껏 들어 올리니 죄다 문드러진 기념품점 내부가 드러났다. 검은 손바닥 표식 주변에 찍힌 발자국들이 복도로까지 이어진 터, 도아는 난간에도 여럿 묻은 검은 액체를 따라 계단을 세 칸씩 올랐다. 다다른 도아가 숨을 고르려는데, 허리를 숙이지도 못한 채 온몸의 솜털이 곤두섰다.

---

11 관세음보살 42수 진언의 스물아홉 번째 진언. 부처님께 구원의 손길을 원할 때 사용한다.

"정도아?"

뒤에서 들려온 분명한 남자 목소리였다. 말을 이었다.

"너였구나, 정도아."

몸을 돌린 방향에 가해 차량 운전자가 똑바로 서 있었다. 즉 그녀가 입 밖으로 도아의 이름을 꺼낸 참이었다. 도아는 단전에서부터 역류하려는 기이함과 살의를 되삼키고 물었다.

"누구야, 너."

가해 차량 운전자가 입꼬리를 슬쩍 올렸다.

"네가 명패를 왜 찾는 거야? 뒤에서 돈 받았어? 그거 아니면 나중에 죽어서 제삿밥 얻어먹으려고? 알 수가 없네?"

도아는 눈가에 경련이 일 뻔했으나 어금니를 깨물 뿐, 답하지 않았다.

"지금도 안 늦었어. 여기까지 해. 뭐 하러 힘을 빼? 어차피 죽을 팔자 더 구기지 마. 그냥 집에 가."

가해 차량 운전자가 나긋하게 쏘았다. 도아는 그의 입 밖으로 나온 단어들을 곱씹고서 말했다.

"그런 너는? 네가 왜? 네가 뭔데? 네가 명패를 왜 가져간 건데? 그리고 묻잖아, 너 누구냐고. 대답이나 해."

가해 차량 운전자가 맥없는 웃음을 뱉었다.

"알아서 뭐 하게? 병신같이 기억도 못 하면서."

머나먼 친근함과 이지러짐이 담긴 짧은 욕설로부터, 도아는 머릿속의 얼굴들을 헤집는 표정을 올렸다. 아주 천천히 앞으로 향하는 만큼 뒤로 빠지는 가해 차량 운전자가 마저 말했다.

"난 말했어, 분명히. 여기까지 하라고."

"내 친구들이야."

"정말?"

되물음에 멈춘 도아는 안면골을 바수고자 주먹을 쥐었다. 가해 차량 운전자 또한 못마땅히 올린 눈썹을 내리지 않았고, 도아는 입꼬리와 눈가의 경련을 내버려뒀다.

"잡아다 죽여버릴 거야, 너부터."

도아의 말에 가해 차량 운전자가 천천히 고개를 젖혔다. 숨을 들이마시고 바닥에 검은 액체를 게웠다. 그러는 만큼 피골상접이 됐다.

도아는 즉시 뛰어갔다. 뒤로 고꾸라지며 재가 되어 부서진 광경에 도로 멈칫했다. 불어온 냉풍에 잿더미가 뭉개졌다. 신발 앞축으로 넘어온 검은 액체가 삽시간에 말라붙었다. 도아는 그 사이에서 고이 접힌 쪽지 한 장을 집어 펼쳤다. 다름 아닌 검은 손바닥 표식이었다. 급히 백팔 염주를 풀어 검은 액체 자국을 향해 왼손을 뻗었다.

이내 어느 장소가 스쳐 지나간 듯, 무릎을 편 도아는 핸드폰 지도를 켜기도 전에 격한 기침을 터뜨렸다. 두 손으로 입을 틀어막았다. 구역질과 더불어 한참 후에야 멎었다. 손바닥 위로 작은 피떡이 묻어났다. 도아의 두 눈이 흔들렸다.

추도식 이틀 전의 이른 아침이 밝았다. 서울 방향의 도로를 달리던 중, 조수석 시트의 다용도 벨트 주머니로부터 잔가지들이 뻗어났다. 도아는 이마에 맺힌 진땀 줄기를 닦지 못했다. 옆구리 통증 또한 도진 상태였다. 핸들을 틀어 졸음 쉼터로 급히 들어섰다.

밖으로 나온 도아는 오한에 떨었다. 백미러에 손을 올리자마자 보닛 위로 왈칵 게운 것은 검붉은 토혈이었다. 전조등과 번호판에도 묽은 토혈이 흘렀다. 주저앉고서 힘 풀린 몸을 차체에 겨우 기댔다. 흐릿한 하늘을 올려다보며 백팔 염주를 풀었다. 염주 알을 하나씩 굴릴수록 부유하는 긴 구름이 탁한 눈빛에 비쳤다. 마른 신음과 함께 눈물 한 방울을 떨구며 일흔다섯 번째 염주 알을 넘길 때, 야윈 얼굴의 구겨짐이 점차 펴졌다. 한결 편안해진 도아에게 옅은 입김이 새어 나왔다.

어느새 상행선 휴게소 뒤로 해가 쓰러지는 중이었다. 도아는 구석의 주차 공간에서 토혈 자국을 닦아냈다. 검붉어진 물티슈 여러 뭉치를 주머니에 욱여넣었다. 오랫동안 물고 있던 담배를 바닥에 버렸다. 도아는 낯빛은 여전히 창백했다. 양쪽 손날에 박인 흑갈색 굳은살과 멍을 내려다봤다. 야산 마루에 내리꽂힌 해가 격렬히 발광하고 있었다. 도아의 긴 그림자도 깊은 그늘 안으로 휘어졌다. 그렇게 갑작스레 밤이 찾아왔다. 다만, 도아는 주변의 지형지물조차 보이지 않기에 환영임을 간파했다. 숨을 참으며 금강 합장을 올렸다. 극도의 저음으로 읊는 진언이 다시 들려오기 시작했다. 붉은 가사를 두른 커다란 목각 인형 다섯 개가 이미 주변을 둘러싼 후였다.

도아는 감았던 눈을 뜰 수밖에 없었다. 목각 인형들이 찢어진 입 밖으로 읊는 진언을 높여만 갔다. 겁에 질린 표정을 감추지 못한 도아는 백팔 염주를 풀었으나 몸이 붕 떠올랐다. 올려다보는 목각 인형들을 향해 지치도록 허우적거렸다. 고개를 쳐든 그들이 진언을 멈추고 꾸짖었다.

"할!"

도아는 물결처럼 일렁이는 큰 손바닥 표식 속으로 빠졌다. 한참이 지나서야 눈을 떴다. 붉은 무명천에 결박당해 있었다. 그것도 운전자 없는 관광버스 맨 앞자리였다. 사고가 났던 그 길을 달리는 중이었다.

애써 꿈틀거려도 무명천이 도무지 찢어지지 않았다. 다급히 주변을 돌아봤으나 사람 한 명 없는 휭함이 전부였다. 도아는 허리를 감은 좌석 벨트 여러 겹에 의해 옆자리로 쓰러졌다. 교복 차림의 누군가를 스쳐본 것 같았다. 상체를 일으킨 도아 앞에, 정확히는 반대편 창가 자리에, [문태성]이라는 오버로크가 박힌 교복 차림의 남학생이 있었다. 절대로 반가울 수 없는 도아는 더욱 격렬히 몸을 비틀었다. 태성이 유유히 일어나며 말했다.

"가만히 있으랬잖아, 그러니까."

도아는 고함을 내질렀다.

"야!"

"그냥 말 좀 듣지……."

도아는 골반을 힘껏 젖혀 좌석 벨트를 끊었다.

"문태성!"

천장의 비상탈출구 손잡이를 잡은 태성이 갈라지는 부름에 답했다.

"겁대가리 없으니까 그냥 일찍 죽는다고 생각해. 뭐가 너를 그렇게 만들었을까? 애들? 이 버스? 다 아니야. 정도아, 너야. 인정해. 그게 맞잖아."

비웃은 태성이 지붕 위로 사라졌다. 도아는 그의 마지막 말에 성난 근육이 가라앉고 말았다. 곧 가드레일을 들이받은 버스가 추락하며 부딪치고 으깨졌다. 육중하게 불시착하는 큰 소리가 올라왔다.

칼날 같은 낭떠러지 아래의 도아는 망가진 내부 구조물들 사이에 엉켜있었다. 눈을 뜨니 금 간 차창 너머로 자신과 똑같이 생긴 환영들이 보였다. 뚫린 가드레일 앞에서 저마다 빤히 내려다보고 있었다. 도아는 마른 신음만을 뱉었다. 끝내 눈물을 흘렸다. 버스가 뒤에서부터 찌그러져 갔다. 손아귀에 움켜쥐는 것처럼 집어삼킬 기세였다. 도아는 지난날들을 되새김질하지 않고 다시 두 눈을 감아야 했다.

그때였다. 절벽에서 뛰어내린 누군가가 버스 차체에 착지했다.

"도아야!"

도아는 이름을 부르는 목소리에 다시 눈을 떴다. 차창을 뽑으려는 남국이었다.

"잠깐 있어, 조금만 버텨!"

뽑히지 않는 차창을 향해 남국이 주먹을 휘둘렀다. 햇수가 늘수록 차창에 금이 거미줄처럼 그어졌다. 끝내 산산이 깨졌다. 손 뻗어준 그가 여기 있으면 안 되는 사람임을 알기에, 도아는 꾹 참았던 작은 울먹임이 터지고 말았다.

"괜찮다, 아가. 아저씨 괜찮아. 잡아!"

오랫동안 주저한 끝에 도아는 남국의 손을 잡았다. 남국이 힘을 주자 도아의 몸 전체가 빠져나올 수 있었다. 두 다리를 펴고 온전히 차체에 섰다. 모든 생채기가 피부 속으로 스미어 사라졌다. 도아와 남국 사이에는 주고받는 말 한마디조차 없었다. 그저 남국이 머리를 쓰다듬어주고서 자신의 은색 염주를 도아의 손목에 채웠다. 비로소 말을 꺼내려 했으나 되감기듯, 부서졌던 것들이 원래의 모습대로 하나씩 복구됐다.

도아는 야심한 상행선을 달리는 상황으로 돌아갔다. 울음을 참으며 앞을 가로막는 차들을 지나쳤다. 룸미러의 범어 목걸이도 격하게 흔들렸다.

벽 거울이 깨진 미광연립 관리실은 실내등조차 망가진 탓에 칠흑이었다. 거친 피부의 두꺼운 손이 바닥에 처져있었다. 남국은 책상 수납장에 기대앉아 싸늘히 식은 상태였다.

도아는 눈시울이 뜨거워졌다. 무릎 굽혀 앉은 도아는 남국의 두 손을 그의 단전에 살포시 올려줬다. 도아의 얼굴에 자그마한 은빛이 번졌다. 남국의 왼 손목에 채워진 은색 염주를 풀었다.

뒷덜미로 냉기가 끼치자 급히 일어난 도아는 벽 거울을 노려봤다. 태성의 실루엣이 금 간 부분마다 떠올랐다. 흐릿할지언정 그의 살기등등함은 도아에게도 선명히 보였다. 도아는 나직이 말했다.

"곧 간다. 기다려……."

태성의 실루엣이 연기처럼 사라졌다. 도아는 남국의 은색 염주를 오른 손목에 찼다. 통창에 묻은 얼룩과 이글거리는 눈빛의 얼굴을 응시했다.

살점 묻은 큰 나무껍질 여러 장이 작은 방의 바닥에 널브러졌다. 준제관음보살상의 얼굴 부분이 더 그을린 상태였다. 그 아래엔 잔가지들이 잘린 소형 목각 인형과 검은 손바닥 표식의 쪽지도 있었다.

멍과 더불어 굳은살 뜯긴 자국이 넓게 퍼진 등을 드러낸 채, 도아는 안방에 앉아 큰 책을 한 장씩 넘기던 중, [3학년 10반] 페이지에 손가락을 얹었다. 아심중학교 졸업 앨범 속 단체 사진 대열로 선 학생들 아래, 둥근 칸으로만 남은 본인의 얼굴 옆자리, 또 다른 둥근 칸에 박인 태성의 앳된 얼굴을 지그시 봤다.

원기 회복을 마친 도아가 소형 목각 인형을 향해 손 뻗었을 때였다. 관광버스 추락 사고 현장을 수습하는 다른 시점의 과거가 스쳤다.

두꺼운 비가 쏟아지는 시간이었다. 동행 교사가 저지선 앞으로 달려갔으나 경찰에게 가로막혔다. 교복 차림의 태성이 조수석에서 내렸다. 들썩이는 오른발을 반도 뻗지 못했다. 입술 벌어진 얼굴이 비 맞은 만큼 창백해졌다. 서 있는 자리에서 시간만 흘렀다. 2학년 7반 인원 중 홀로 불참한 죄과라 믿은 터였다. 죽었다 살기를 반복한 태성도 성인이 된 이후, 석재상의 얼굴 없는 불상과 눈을 맞췄다. 어느 야산 중턱의 큰 비닐하우스에 기거하며 나무를 깎는 그의 뒷모습도 은밀히 볼 수 있었다.

그리고 추도식 하루 전의 서늘한 아침이 밝았다. 뒷좌석 차창으로 해 떠오르는 하늘이 스쳤다.

야산 초입에 온 도아는 왼쪽 귀로 손가락을 튕겼다. 이끌리는 대로 포장된 고갯길을 넘고 또 넘었다. 멈칫하고 움직이길 반복하다 비포장길로 들어섰다. 썩은 당산나무에 묶인 무명천들이 나부끼는 방향의 휑한 먼발치, 그 너른 땅 위에 우두커니 꽂힌 큰 비닐하우스로 도착했다.

도아는 귀신불침부가 여러 장 붙은 정문을 박찼다. 펼쳐진 내부는 피비린내와 문드러진 약재 향이 뒤섞인 마도의 법당이었다. 불단 위의 얼굴 없는 목불상만이 좌선에 들었다. 도아는 평상을 밟아 올라 물건들을 죄다 걷어찼다. 차디찬 흙바닥에 떨어진 그릇과 촛대들이 산산이 깨졌다. 목불상의 모가지가 도아의 발길질에 부러졌다.

곧 도아는 고요함 속에서 왼쪽 귀 끝이 쫑긋해졌다. 내벽 너머에 뭔가 있다는 것을 꿰뚫었다. 오른쪽 아래의 문손잡이 없는 쪽 문을 밀었다. 크고 작은 목각 인형들과 목공 도구들이 양옆으로 널린 내실 안에서, 도아는 놀랄 새 없었다. 흙바닥 한가운데에 있는 맨홀의 철근 손잡이를 잡아당겼다.

"오긴 왔네."

지하 통로 전체로 태성의 목소리가 울려 퍼졌다. 이미 뛰어내린 도아는 흐릿한 등화들로 밝혀진 앞으로 달려가고 있었다.

"넌 알까? 밤마다 가위눌릴 때, 그냥 잡귀들도 아니고 어려서부터 봤던 애들이 나를 붙잡고 늘어지는 거. 네가 겪은 적은 있을까?"

도아는 달릴 뿐이었다. 태성의 목소리가 이어졌다.

"칠 년 가까이…… 용하다는 무당들도 안 된다면서 복채를 안받아. 아파트에서 떨어지고, 산에서도 떨어졌는데 달라지는 게 없었어. 내가 직접 깨달아야 하는구나, 그래야 살겠구나, 그러니까 좀 편해져."

도아는 한참 달리다 말고 슬슬 걸었다. 아득히 떨어진 곳에 보이는 방화문을 보며 숨을 골랐다. 그리고 말했다.

"그럼 차라리 애들 앞에서 빌든가 했어야지."

"이해가 안 됐나 보네. 빈다고 달라지지 않아. 너도 추도식에 안 갔던 것처럼."

울화가 치민 도아는 총알처럼 질주한 끝에 방화문을 박차고 들어섰다. 천장이 훤히 뚫린 회색빛 일색의 지하 공간이었다. 멀찍이 서 있는 태성은 졸업 앨범 사진과는 완전히 다른 모습이었다. 변색 된 상처가 새겨진 민머리와 다부진 체격이 이질적으로 보였다. 달라지지 않은 건 이목구비뿐이었다. 그의 등 뒤로 내벽과 이어진 긴 무명천들이 힐끗 보였다. 그가 옆으로 몇 걸음 옮기니, 낮은 제단에 올라가 있는 명패가 드디어 드러났다.

태성이 도아와 얼굴을 제대로 마주하고 말했다.

"이건 여기 있는 게 나아. 나만 가위에 눌린 게 아닐 거니까. 여러 사람 편해지게 하려는 거야, 나는."

방화문이 닫혔다. 도아는 말했다.

"애들은…… 나한테만 왔었어. 너한테 갔던 건 끽해야 잡귀들이었겠지. 기도 약한 새끼가 산중에서 사는데 안 붙고 남아?"

"서른여섯 명 전부 너한테 갔다고? 너 정말 그렇게 생각해?"

도아가 끼려던 차, 입술이 달싹임을 참지 못한 태성이 말을 이었다.

"야, 너는 그렇게 말하면 안 돼, 도아야⋯⋯."

도아는 이를 악물고 말하더라도 통하지 않을 것임을 알았다. 턱에 힘을 풀었다. 차분히 말했다.

"저거⋯⋯ 그냥 애들 이름 적힌 비석이야."

태성이 짧게 조소했다.

"그런데 죽기 살기로 찾았잖아, 너는⋯⋯."

"갖다 놔야지."

"난 다 말했어."

뚫린 천장으로부터 내려온 마른 잎새의 스산함이 무명천을 펄럭였다. 명패 뿌리의 돌 알갱이도 바닥을 굴렀다. 두 사람 사이엔 어떤 악다구니도 없었다. 자잘한 감정의 흐름조차 느껴지지 않았다.

도아가 입을 열었다.

"마음 안 바뀌겠네."

태성도 답했다.

"너도 그렇겠다."

왼쪽 무명천의 매듭이 느슨해졌다. 이내 모든 매듭이 완전히 풀려 흘러내릴 때, 도아와 태성은 평행선으로 튀어 올라 주먹을 질렀다. 살기등등한 공격과 방어가 오갔다. 태성의 유효타에 도아가 주춤거리고 비틀거렸다. 도아는 터진 코피를 옷소매로 대강 닦아내곤 다시 덤벼들었지만, 태성의 육중한 주먹질에 맞춰 고개가 좌우로 꺾여나가고 말았다. 곧바로 태성이 옆차기를 날리며 도아를 멀찍이 밀어내 버렸다.

뒤로 굴러나간 도아는 격한 기침과 함께 피를 뱉었다. 태성이 한달음에 다가왔다.

"도아야, 그냥 가도 돼. 너 그냥 가. 그냥 가라, 어?"

도아는 답하지 않았다. 태성이 고성을 질렀다.

"좀 꺼지라고, 씨발!"

태성이 사정없이 복부를 걷어찼다. 갈빗대가 으스러진 도아는 뒤로 더 밀려난 참에 애써 바닥을 딛고 일어나려 했다. 그러다 웃고 울먹이길 반복한 태성이 또 말했다.

"야, 야, 도아야, 나도 힘들어, 어? 그런데 너까지 왜 자꾸 힘들게 하냐고, 이 씨발년아!"

도아는 볼이 붉어지고 입술이 떨렸다. 오른 팔목의 은색 염주에도 튄 핏방울에 눈시울까지 뜨거워졌다.

곧 도아는 무릎을 꿇었다. 금강 합장한 양손에 은색 염주를 찼다. 눈꺼풀이 닫히고 피가 계속 울컥하더라도 진언을 읊었다. 콧김을 내뿜은 태성 또한 낮은 음성으로 진언을 읊고, 도아의 얼굴엔 힘줄이 한 줄기씩 솟았다. 더불어 뼈가 붙었다. 생채기도 지워졌다. 손등에까지 잔근육과 핏줄이 불끈거렸다. 눈빛엔 열기가 들었다.

도아는 달려들었다. 태성의 입을 주먹으로 찍었다. 공격과 방어가 이전보다 빠르고 절도 있었다. 태성의 패턴을 모조리 꿴 도아는 그의 얼굴과 복부에 유효타를 넣었다. 멈추지 않고 그의 팔을 꺾어 뼈가 튀어나오게끔 부러뜨렸다. 허벅지를 밟고 올라타 팔꿈치로 정수리를 찍었다. 편주먹으로 울대를 가격했다. 뒷걸음질치는 그의 어깨를 붙잡았다. 도아의 손끝이 가슴팍을 꿰뚫어버렸다.

검은 핏덩어리가 후두두 떨어졌다. 태성의 숨이 안으로 연신 말려들었다. 그는 도아의 옷자락을 잡아 뜯었다. 도아는 피와 살점이 묻은 본인의 손을 보며 숨을 골랐다.

고꾸라진 태성이 재가 되어 부서졌다. 비로소 도아는 명패가 올라가 있는 제단 앞에 섰다. 명패를 들어 올려 어깨에 이자 아침 햇살이 내벽과 바닥에 스몄다. 방화문이 열렸다. 도아는 뒤돌았다. 왔던 길로 나아갔다.

  구름 사이로 해가 가려졌다. 명패를 껴안고 도착한 도아는 위령비 앞에 주저앉았다. 바닥에 비스듬히 눕힌 명패가 잿더미로 부서지려 했다.

  흰자위에 피가 찼다. 코피가 쏟아졌다. 나뭇가지가 옆구리의 살가죽을 뚫고 나왔다. 양옆으로 벌어진 두 팔과 굵은 두 다리, 입 밖으로까지 솟아났다.

  그리고 키 작은 나무 한 그루가 자라나 있었다. 오른쪽 잔가지에 걸린 은색 염주만이 제 모습 그대로였다. 멀리서 미풍이 불어왔다. 밑동의 잿더미가 소용돌이에 휘감겨 날아갔다.

제3의 얼굴들

「픽서」 코멘터리

- 「픽서」는 2020년 10월경에 발생한 사건에서 영감을 얻었습니다. 한강 인도교 폭파의 희생자 위령비가 훼손됐다는 뉴스를 접한 후, 경위에 관한 후속 보도가 없었기에 '사건의 진상을 알고 싶어 하는 유족이 있지 않을까?'라는 의문과 상상으로 이야기를 구상했습니다.

- 작중 아심중학교 버스 추락 참사는 2024년 3월 25일 오전 10시 19분에 역주행 차량을 급히 피하다 발생했습니다. 경기도 수원의 아심중학교 2학년 7반 학생들, 교사, 운전기사가 현장에서 숨졌습니다.

- 도아가 통달한 '신력'은 불교의 '육신통'과 기타 인도 종교의 '제3의 눈'에서 착안했습니다. 아울러 회복력과 괴력을 지녔다는 허구의 설정도 넣었습니다.

- 도아가 쓰는 무술로 '무에타이'를 채택했습니다. 옛 무에타이와 현대식 무에타이를 번갈아 씁니다.

- 아심중학교 유족회는 큰 규모의 단체라기보다 말 그대로 유족들의 모임이라는 성격이 강합니다. 봉사활동도 비밀리에 해왔습니다.

- 등장하는 인물, 사건, 제품, 단체 등은 허구임을 밝힙니다.

남세종과 크리스마스 공화국

제3의 얼굴들

제
3
외
왕국
편

맑고 다급한 숨결이 도서실의 유럽권 코너에 와서야 차분해졌다. 조막만 한 손으로 『소비에트에 간 땡땡』을 꺼낸 이는 1학년 6반 2번 남세종이었다.

세종은 데스크의 사서 선생님께 공손히 책을 내밀었다. 남땡땡은 읽은 책을 또 읽는구나, 이게 재밌나 보다, 라는 인사말에 세종은 수줍은 미소를 지었다. 책 하단의 막대 모양 아이콘으로 바코드 건의 붉은빛이 찍혔다. 컴퓨터 화면에 올라온 대여일은

04년 12월 23일이었다.

　점심 이후의 햇살이 복도의 점박이 타일 바닥으로 드리워졌다. 책을 껴안은 세종은 상아색 파카의 지퍼를 내렸다. 소매로 땀을 닦고 창문 앞에 서서 까치발을 들었다.

　6층 아래, 조회 때부터 내린 흰 눈이 학교 중정에 소복이 쌓였다. 접힌 우유갑이 가득 담긴 플라스틱 박스를 들고 창고로 향하는 아이들, 스키 장갑 낀 손으로 정신없이 눈싸움하는 아이들, '고 − 숏'을 외치며 팽이 장난감을 돌리는 아이들이 보였다. 맞은편 구름다리 난간의 기다란 크리스마스 장식도 세종의 시야로 들어왔다.

　때마침 복도 천장의 스피커에서 캐럴이 흘러나왔다. 까치발을 내린 세종은 계단을 향해 달려갔다.

　청소가 다 끝난 1학년 6반 교실, 세종은 나무껍질 벗겨진 뒷문을 밀며 들어왔다. 호수와 민찬이 고이 쌓인 학 종이들로 손바람을 날리는 중이었고, 세종은 뒷문 옆에 있는 자신의 자리로 갔다. 코팅된 이름표가 왼쪽 끄트머리에 붙은 책상 위로 가방과 신발주머니를 올려놓았다.

　자율방범대 사무실과 주민 체육관이 보이는 동네의 큰길을 셋이 나란히 걷고 있었다. 민찬이 말했다.

"그래서 있잖아, 이번엔 엄마랑 아빠한테 <메탈슬러그> 사달라고 할 거야."

호수가 말했다.

"그래도 레고가 낫지 않아? <메탈슬러그>는 초록 문구점 게임기에 깔려있잖아."

"거기 맨날 태권도 학원 형들이 안 비켜."

"레고는 안 뺏겨."

세종도 없었다.

"맞아, 레고가 더 낫지."

그러다 코를 훌쩍인 세종은 또 덧붙였다.

"그래도 베이비복스 누나들한테 뽀뽀 받는 게 더 낫지."

호수와 민찬이 피식 웃었다.

"네가 무슨 짱구냐?"

"또 저러네, 설사 장군 주제에."

호수와 민찬의 야유에도 세종은 두 손을 볼에 얹고서 수줍은 표정을 지었다. 장난기 가득해진 아이들이 신발주머니로 서로의 가방을 퍽퍽 때렸다. 이른바 신발주머니 배틀이라는 세종의 선전포고였다.

그렇게 한참을 이리저리 뒤섞였다. 아이들과 부둥켜안고 넘어질 뻔했으나 간신히 버틴 세종은 고개를 뒤로 돌렸다. 하늘색 공중전화 부스 맞은편의 미술학원 간판을 뚫어져라 봤다. 첫 수업 후에 간 2학년 1반 교실 앞에서 다른 누나들이 유하가 오늘도 안 왔다고 했다. 신경 쓰였던 세종은 아이들과 포옹을 풀고 끝인사를 보냈다.

"잘 있으렴, 뱃살 변태들아."

서로에게 질리도록 뱃살 변태라 외치며 각자 갈 길로 흩어졌다. 냅다 뛴 세종은 공중전화 부스 앞에 발만 걸쳤다. 앞서 뛰어가는 민찬이 시야 밖으로 사라지고 나서야 세종은 학원 출입문에 숨죽여 다다랐다. 차가운 스테인리스 문고리를 조심스레 잡아당겼다.

보일러와 열풍기의 뜨듯함이 세종의 볼을 데웠다. 홀로 흔들의자에 앉아 담요 덮은 젊은 원장님은 잠들었고, 조각상 앞자리의 사과 그림이 채색되다 말았으니, 세종은 유하가 오지 않았음을 알 수 있었다.

오래된 다가구 주택의 군청색 대문 맞은편, 반짝이는 은색 대문이 반쯤 열려있었다. 유하가 지금 왔나 궁금해진 세종은 은색 대문 틈으로 몸을 욱여넣었다. 좁은 마당 구석에서 뒤돌아 있는 유하가 대문 소리를 못 들은 모양이었다.

"유하 누나."

유하가 몸을 틀었다. 눈물 자국 묻은 얼굴을 내보였다. 신발 밑창이 끌리는 소리에도 혹여나 놀랄까, 세종은 다리에 힘준 채 한 걸음씩 뗐다.

"누나, 왜 울어? 아저씨한테 혼났어?"

세종은 살며시 묻는데도 가슴 속의 옅은 두근거림을 끄지 못했다. 그 두근거림을 들은 듯한 유하가 세종의 머리를 쓰다듬었다.

"안 혼났어. 마음이 슬퍼서 그랬어."

평소에도 듣는 어른스러운 말투라 그러려니 했겠지만, 세종은 마음이 슬프다는 말에 유독 낯설어졌다. 세종은 유하에게 한 번 더 질문했다.

"왜 슬펐어?"

유하는 망설였다. 답을 기다리는 세종에게 결국 알려줘야 한다는 표정이었다. 어렵사리 입을 열었다.

"세종아. 누나 이사 가, 크리스마스에. 할머니가 또 아프셔서 남양주로 다시 갈 것 같아. 그래서 학교랑 학원에 가고 싶지 않았어. 아빠하고도 싸웠거든. 너무 속상했어."

세종은 유하가 말을 잇도록 되묻지 않았다.

"나는 있지, 어른 되면 차라리 먼 곳으로 떠나고 싶어, 비행기 타고. 따뜻한 나라에서 살면 아무도 안 아플 거야. 겨울만 오면 이렇게 힘들어. 아빠도 힘들고, 엄마는 안 오고 그래……. 이번 이사가 마지막이었으면 좋겠어."

눈물 한줄기가 유하의 볼을 타고 내렸다. 세종은 손등을 뻗어 눈물을 닦아줬다.

"어린애가……."

세종은 유하에게 어깨를 으쓱하며 말했다.

"우리 한 살 차이거든?"

세종의 말에 유하가 키득거렸다.

"그래도 꼬맹이면서."

유하의 입 밖으로 드디어 웃음소리가 나왔다. 그러나 세종은 하마터면 입꼬리가 축 가라앉을 뻔했다. 그 표정을 금세 본 유하가 세종의 눈꼬리를 꾹 눌러 올렸다. 이내 세종도 실실거리며 응수했다. 두 사람의 눈이 작대기 모양으로 쫙 펴졌다. 맑은 깔깔 거림이 마당을 두드렸다.

거실에서 옷가지들을 개던 세종 엄마에게도 갑작스러운 소식

제3의 얼굴들

이었다. 세종 엄마가 이제야 알겠다는 듯이 고개를 끄덕였다.

"어쩐지…… 유하 아빠 표정이 왜 안 좋나 했다……. 조금 멀긴 하네, 남양주면. 그래도 가끔 시간 내서 유하 누나 만나러 가자."

내내 강아지처럼 앉아 있었던 세종은 대뜸 눈썹을 찡그린 우스꽝스러운 표정을 지었다.

"그게 중요한 게 아니란다."

"참 나, 뭐가 중요하신데요?"

세종은 목소리를 내리깔았다.

"내 여자가 슬퍼하니까."

할 말 잃은 세종 엄마가 한참 후에야 중얼거렸다.

"웃기고 앉았네. 즈그 아빠 아들 아니랄까 봐, 어쩜 그렇게 똑같니? 어우, 지겨워, 어우……."

"웃겼다면 다행이군. 내 저금통 좀 깰게."

세종은 수납장 첫째 칸에 있는 자그마한 철제 저금통의 뚜껑을 땄다. 오백 원 동전 다섯 개를 바닥에 쏟았다. 대뜸 장난기 어린 얼굴로 '댐!'이라고 외쳤다. 할리우드 영화의 인물처럼 눈을 가리며 몸을 뒤로 젖히기까지 했다. 멀뚱히 그 모습을 본 세종 엄마가 물었다.

"어쭈, 왜 이러세요, 누님께 선물 드리려고?"

"그렇다고 볼 수 있지."

세종은 오백 원 동전들을 한데 모았다. 집으로 향하는 골목 초입의 구멍가게에 있는 인형 뽑기 기계를 떠올렸다. 각지고 노란 인형 뽑기 기계 안의 여러 장난감 중, 특히 세종은 며칠 전부터 바퀴 달린 비행기 장난감을 눈여겨봤다. 유하에게 선물해 주면 볼 뽀뽀를 받을지도 모른다는 기대를 품었다.

밖에서 솜방망이로 문을 두드리는 듯한 소리가 들렸다. 세종은 '물배'라는 이름을 붙여준 토실토실한 회색 고양이임을 알았다. 놀이터에 있어야 할 물배가 집 앞까지 왔으니 궁금해져 문을 열었다. 반가운 인사도 잠시, 계단 대리석 난간에 앉은 물배가 유하의 집 마당을 향해 고갯짓했다. 아이들 눈에만 보이는 커다랗고 하얀 발광체가 넋 나간 유하의 머리 위에 떠 있었다. 저번처럼 아이들을 별세계로 보내려는 게 자명했다.

세종은 다급히 작은 방의 장롱문을 열었다. 상아색 점퍼, 붉은색 목도리, 황색 뉴스보이캡, 할머니께서 선물해 주신 아이템들을 장착했다. 비상식량을 쟁여놓은 가방까지 멨으니 떠날 준비를 마친 것이었다.

"세종 엄마, 나 잠깐 여행 좀 다녀오마!"

"그래, 일찍 와라."

끽해야 놀이터에 가겠거니 생각한 세종 엄마가 옷가지들을 마저 갰다. 세종은 물배를 끌어안았다. 유하의 집 마당으로 달려갔다. 발광체에 흡수되는 그녀를 뒤따라 뛰어올랐다. 세종과 물배까지 집어삼킨 발광체가 하늘을 때리는 울림과 함께 사라졌다.

우람한 적갈색 굴뚝 안에서 세종과 물배가 나왔다. 숨을 몰아쉰 세종은 눈앞의 풍경에 입이 벌어졌다.

온통 보랏빛인 하늘과 소복이 쌓인 흰 눈, 곳곳 걸려있는 황동 오일 램프들이 가로등을 대신하고, 줄지어 선 기다란 구상나무들 사이에서 큰 순록들이 풀을 뜯는 곳, 발자국을 남기며 나아간 세종은 [크리스마스 공화국]이라고 적힌 입구의 표지판 앞에 멈췄다. 교육 방송의 영어 프로그램에서 봤던 내용을 떠올리고선 입술을 꼬물거렸다.

"리퍼블릭 오브······ 크리스마스!"

그러자 별세계에 올 때면 입이 트이는 물배가 세종의 품에서 나왔다.

"어우, 영어도 해?"

세종은 물배의 질문에 손가락으로 브이를 펼치며 말했다.

"멋진 소년이라면 이 정도 영어는 반드시 해야 해, 알겠니?"

"그래, 가자, 얼른."

세종의 엉뚱한 소리를 지겨워하는 물배가 먼저 앞섰다. 혹시 부러운 거냐며 가벼이 웃어넘긴 세종은 물배를 낚아채듯 껴안고 달렸다. 물배의 길어진 몸과 뱃살이 뜀박질에 맞춰 출렁거리고, 세종은 먼 앞에 일렬로 정리된 튜브들이 보이자 더 신나는 표정으로 돌변했다.

"썰매!"

"야, 잠깐만, 저거 타려고?"

"으랏차!"

세종은 의심조차 없이 가운데의 튜브로 뛰어올랐다. 빈칸에 엉덩이를 넣자마자 가파른 내리막길을 빠른 속력으로 탔다. 앞머리카락이 뒤집히게 신난 세종과 달리, 눈꺼풀이 뒤집히게 겁에 질린 물배는 앞발로 눈을 가리고 말았다.

평지에 다다르고 나서야 느려진 튜브가 마을 초입 근처로 살살 멈췄다. 신난 표정 그대로인 세종은 멍해진 물배의 엉덩이를 팡팡 두드렸다. 그들 앞엔 중세 유럽풍의 하프팀버 주택들이 듬성듬성 보였다. 눈 내려앉은 지붕마다 반짝이는 크리스마스 장식이 걸려있었다. 세종은 물배를 이고 마을 안으로 들어섰다.

바람 맞는 나뭇가지들이 구르는 소리를 제외하면 인적 하나 없었다. 사뿐히 착지해 몇 걸음 움직인 물배가 귀를 쫑긋 세웠다. 아주 멀리서부터 누군가 웅얼거리는 소리가 들려왔다.

세종은 먼저 달리는 물배를 뒤따라 소리 나는 곳과 가까워졌다. 주택 외벽 뒤로 급히 몸을 숨겨 고개를 내밀었다. 너머로 보이는 상황은 눈사람들의 군중집회 같았다. 눈을 찡그려 자세히 보니 **[공화국 경비대의 훈시 대독]**이라는 팻말을 든 완장 찬 눈사람들이 뭔가 강조하는 분위기였다. 세종은 가운데에 서 있는 경비대장의 우렁찬 목소리를 들어봤다.

"주민 여러분! 내가 뜨거운 마음으로 재차 말하지만, 산타 장군님께서 세우신 크리스마스 공화국의 존속을 위해서는, 저 투명 정원에 자나 깨나, 흔들림 없이, 힘을 모아 온풍을 넣어야 한다는 거요! 고로 이번엔 젊은 주민들이 나서줍시다! 다른 주민들도 휴식 시간을 조금만 줄여봅시다! 어떻소?"

정작 눈사람들은 불만 섞인 표정을 펴지 않으려는 모양새였다. 그들 사이에서 노여운 눈빛들이 촛불처럼 켜지려는 순간, 기류를 눈치챈 경비대장이 허리띠에 보관된 파란색 권총을 꺼냈다.

"주민들, 지금 반대하겠다는 거요?"

나머지 경비대원들도 총 손잡이를 움켜쥐었다. 세종은 흠칫한 눈사람들 사이로 불쑥 들어갔다.

"저기요."

앳된 인간을 본 눈사람들이 입을 틀어막았다. 세종은 개의치 않고 경비대장 앞에 섰다. 지붕 위에 올라 먼 곳을 보던 물배도 깜짝 놀라 세종 옆으로 달려갔다. 목소리를 낮춘 물배가 세종의 바짓가랑이를 잡아당겼다.

"야, 너 뭐해?"

"뭐만 좀 물어보려고. 아저씨가 여기 대장이에요?"

경비대장이 당당하게 질문한 세종에게 총을 겨눴다.

"그렇다면 어쩔 거냐, 꼬맹이?"

총구가 핑 반짝였다. 잔뜩 긴장한 물배가 옷자락을 잡아당겼다. 세종은 놀랄 것도 없다는 듯이 말을 이어갔다.

"왜 여기 있는 사람들 괴롭혀요? 같은 눈사람이면서. 우리 할아버지가 그랬는데, 주정 부리면서 못살게 구는 거랑 강요하는 게 제일 나쁘다고 했어요. 그러니까 그 총 내리세요, 당장."

뒤에 서 있는 눈사람들까지 세종을 말리고자 움찔거렸다.

"버르장머리가 없군……."

세종은 목소리를 내리깐 경비대장에게 똑같이 응수했다.

"그게 매력이지……."

방아쇠가 당겨지며 분출된 자그마한 얼음탄이 세종의 왼쪽 가슴팍에 꽂혔다. 튕겨 난 세종을 본 물배와 눈사람들이 어찌할 바 없이 굳어버렸고, 총구로부터 스멀스멀 올라오는 냉기가 서서히 사그라드는 순간, 세종은 가슴팍에 묻은 얼음 조각들을 털며 멀쩡하게 일어났다.

전부 어떤 반응을 보여야 할지 모르겠다는 표정이었다. 정작 세종은 편안히 코를 훌쩍이곤 뚜벅뚜벅 다가갔다. 경비대장에게 귀 좀 내밀라며 능청스레 손짓했다. 세종은 경비대장의 볼에 손바닥을 올렸다. 세종의 작은 손이 식는 소리와 함께 푹 담기려 했다.

"으악!"

경비대장이 뜨거움을 못 참고 화들짝 뛰어올랐다. 겁에 질린 경비대원들이 경비대장을 들어 안고 줄행랑쳤다. 그러자 눈사람들이 박수와 환호를 보냈다. 세종은 그들에게 당당히 브이를 펼쳤다.

"역시 나야!"

"그래, 너 젊다……."

물배가 탄식했다. 세종은 감사의 인사와 칭찬을 건네는 눈사람들 사이에서 한껏 수줍어했다.

마을회관에 온 세종과 물배는 따뜻한 오트밀을 퍼먹었다. 뭉개진 몸과 얼굴을 지닌 눈사람들이 세종을 빤히 쳐다봤다. 순식간에 꿀꺽 삼켜 볼을 홀쭉히 만든 세종은 숟가락을 내려놓았다. 온수 한 모금 마시고 나서 눈사람들에게 물었다.

　"혹시 유하 누나 어디에 있는지 아세요?"

　처음 듣는 이름이라 눈사람들이 의아해했다. 때마침 바닥에서 오트밀 그릇을 비운 물배가 테이블로 가벼이 뛰어올랐다.

　"경비대원들이 말한 투명 정원이 뭔가요?"

　물배의 질문에도 눈사람들은 제각각 시선을 돌리거나 뒤로 물러났다. 온수 한 모금을 더 마신 세종은 그들에게 가까이 다가갔다.

　"제 친구를 찾아야 해서요. 유하 누나가 투명 정원에 있는 건가요?"

　세종의 나긋한 말투에도 눈사람들은 푹 숙인 고개를 들지 않았다. 그때였다. 소나무를 쓰다듬던 원로 눈사람이 말했다.

　"대신 얘기해주겠소."

　그러자 세종은 물배를 데리고 원로 눈사람 앞으로 후다닥 섰다. 휠체어를 돌린 원로 눈사람이 파이프 담배를 주머니에 넣었다.

　"귀하들이 너그러이 봐주시오. 주민들은 투명 정원의 지하에서 겪은 일들이 많아서 그렇소. 하루 종일…… 톱니바퀴를 돌려 온풍을 만들다 보니 몸이 녹아내리는 줄도 모른다오."

끝내 눈물 맺힌 눈사람들이 서로를 토닥였다. 원로 눈사람이 한숨을 쉬었다.

"산타 장군은 다른 세계에서 데려온 아이들을 따뜻한 투명 정원에 살게끔 해준다오. 문제는…… 다른 세계의 아이들만 좋아하는 작자라는 것이지……. 그 커다란 투명 돔 속에 분명히 귀하들이 찾는 아이가 있을 것이오. 하여 경비대원들이 주민들을 또 동원하려 했던 거고."

물배가 물었다.

"길이 멉니까?"

"멀지. 쭉 직진하면 그만일 것 같지만…… 쉽지 않소. 젊은 눈사람들을 되찾기 위해서 나선 주민들도 죄다 사라졌지……."

"하지만 저는 튼튼해요."

세종의 낭랑한 목소리였다. 맑은 용기와 자신감을 품은 소년이 눈사람들에게 보였다. 원로 눈사람이 물었다.

"아가, 너는 두렵지 않니?"

세종은 고개를 저었다.

"겁나요. 그래도 제 친구 데리고 가야 해서요. 유하 누나는 좋은 누나예요. 도도해 보여도 마음이 예뻐요. 누나랑 같이 구운 유치원 다녔을 때요, 제가 많이 울면 꼭 달래줬고요, 괴롭히는 애들한테도 누나가 그건 나쁜 짓이니까 하면 안 된다고 혼내줬어요. 이제는 제가 누나를 챙겨줄 차례에요."

모두가 일렁이는 마음을 숨기지 않았다. 앞발을 뻗은 물배가 세종의 등을 쓰다듬었다. 뿌듯한 미소의 눈사람들이 조용히 눈물을 닦았다. 세종의 표정은 참 씩씩했다. 오랫동안 바라본 원로 눈사람이 도로 꺼낸 파이프 담배를 물었다.

"장하구나. 내가 소싯적에 썼던 얼음총을 주마. 이동할 수 있는 스노모빌도 줄 테니 친구를 꼭 구하려무나. 너라면 할 수 있단다."

원로 눈사람이 말 끝나기 무섭게 세종을 끌고 뒤꼍으로 향했다. 들어선 창고엔 하늘을 수놓은 별처럼 걸려있는 다양한 종류의 총들이 펼쳐졌다. 세종은 입이 떡 벌어졌다.

눈사람들이 세종의 허리에 소가죽 권총 벨트를 채웠다. 어깨 끈엔 얼음 수류탄들을 걸어주고, 총집엔 리볼버 형태의 얼음총을 넣어줬다. 마지막으로 노란 손수건까지 목에 묶어주며 물러나니, 세종은 만주 벌판을 질주하는 수수께끼의 독립군처럼 변신했다.

제3의 얼굴들

드높은 장벽의 틈으로 눈발 섞인 칼바람이 드나들었다. 앞장 선 눈사람들이 도르래 줄을 힘껏 당겼다. 육중하게 열리는 관문 너머로 광막한 설원이 기다리고 있었다. 세종은 진한 김이 나오는 입을 다물었다. 가방 안에 있는 물배가 침을 꼴깍 삼켰다. 원로 눈사람이 세종의 어깨를 토닥였다.

"잘 싸우렴, 아가."

세종은 뉴스보이캡의 챙을 만져 인사했다. 관문이 완전히 젖혀지자 기세등등한 첫걸음을 뗐다. 도르래 줄을 당겼던 눈사람 중 하나가 나팔을 꺼내 장엄한 출정을 알렸다. 멀어진 세종은 격려와 환호를 보내는 그들에게 경례했다. 관문이 천천히 내려갈 때까지 흐트러지지 않았다. 이제 끝없는 순백의 길이 펼쳐졌다.

그래도 세종에겐 자동차 모양의 스노모빌이 있으니 큰 걱정 없었다. 세종은 스노모빌의 후미 프로펠러를 만지며 운전석에 올랐다. 가방에서 나온 물배가 조수석에 앉았다. 벨트를 찬 세종은 버튼을 눌러 프로펠러의 시동을 걸었다. 점점 힘차게 돌아가는 프로펠러에 먼지 섞인 바람이 날렸다. 세종은 들뜬 마음 그대로 핸들을 잡고 액셀을 밟았다. 스노모빌이 굉음과 더불어 쾌속으로 뻗쳐나갔다.

"와아아!"

세종은 환호성을 질렀다. 앞 차창으로 보이는 모습은 눈보라가 좌우로 갈라져 길을 터주는 것 같았다. 물배도 이번만큼은 신난 표정이었다.

"이거 구운동에도 있으면 재밌겠다! 호수랑 민찬이도 좋아할 텐데!"

이 와중에도 친구들을 생각하는 세종을 보고 물배가 웃으며 말했다.

"손님 많아서 애들이랑 맨날 타긴 힘들걸!"

"점심 먹고 후딱 가면 돼! 물배도 같이 가자!"

세종과 물배가 파안대소했다. 귀 끝이 쫑긋해진 물배가 뒷자리로 넘어갔다. 빵긋했던 물배의 얼굴이 바로 굳어버렸다. 세종은 룸미러를 힐끗대며 조용해진 그에게 말했다.

"물배야, 왜?"

물배는 답할 수 없었다. 곧 세종의 스노모빌 옆으로 초록색 차체가 가까이 왔다. 다름 아닌 경비대의 스노모빌들이었다. 셀 수 없을 정도로 많은 스노모빌들이 세종의 스노모빌을 둥글게 에워쌌다. 세종은 그제야 물배가 왜 말이 없어졌는지 알 수 있었고, 액셀을 최대한 꾹 밟았으나 속도계가 더 돌지 않았다. 다시 조수석으로 넘어온 물배가 세종에게 다급히 말했다.

제3의 얼굴들

"이거 어떡하지?"

이글거리는 눈빛으로 바뀐 세종은 천장에 있는 비상탈출구를 향해 일어났다.

"물배야, 핸들 잘 잡고 있어!"

"에?!"

"내가 해치우고 올게!"

세종은 비상탈출구를 열고 강풍 스치는 밖으로 나갔다. 은색 지지대의 빈 부분에 몸을 넣었다. 얼음총을 꺼내자마자 공이치기와 방아쇠를 동시에 내리고 당겼다. 마치 출중한 카우보이처럼 경비대 스노모빌의 앞 차창을 하나씩 깨뜨렸다. 놀란 경비대원들이 핸들을 틀거나 급정거하며 서로 우지끈 충돌했다.

이내 세종처럼 스노모빌 지붕 위로 올라온 경비대원들이 바주카를 이고 대형 얼음탄을 발포하기 시작했다.

"물배야!"

물배가 세종의 외침에 핸들을 이리저리 돌렸다. 날아오는 대형 얼음탄이 세종의 스노모빌 근처로만 떨어졌다. 그 덕에 세종은 조금 더 원활히 사격할 수 있었고, 스노모빌 지붕의 경비대원들이 얼음탄에 맞을수록 폭삭 부서졌다. 선봉의 경비대원들 잔해가 눈보라에 뒤섞여 날아갔다.

총성이 멎어갔다. 세종은 안도의 한숨을 내쉴 수 있었으나 아주 멀리서부터 육중한 전진이 들려왔다. 코앞까지 질주해 온 자이언트 스노모빌이었다. 세종은 아파트만 한 크기에 놀라고 말았다.

"으아악!"

세종은 자동화 기계처럼 빠른 속력으로 얼음총을 발포했다. 그러나 튼튼한 차체에 부딪힌 얼음탄들이 쨍그랑 깨져나갔다. 바로 허리 숙인 세종은 운전석의 물배를 향해 소리쳤다.

"더 달려!"

"이게 최고 속력이야!"

액셀을 밟은 물배의 뒷발이 힘겨운 나머지 덜덜 떨리고 있었다. 더구나 세종의 얼음총도 얼마 못 가서 철컥거렸다. 세종은 소복이 쌓인 눈만 실린더에 담아야 한다는 원로 눈사람의 말이 떠올랐다. 뒤늦게 아차 싶었지만, 빠져나갈 묘안을 만들기 위해 공이치기를 만지작거렸다. 곧이어 세종의 머리 위로 전구가 켜졌다. 권총 벨트 어깨끈의 얼음 수류탄을 꺼냈다.

"이거야."

세종은 음흉한 미소를 지었다. 얼음 수류탄의 안전핀을 뽑고 힘껏 던졌다. 푸른 폭발로 솟아난 커다란 얼음덩어리들이 길을

제3의 얼굴들

가로막았다. 급히 멈췄으나 미끄러진 자이언트 스노모빌이 얼음덩어리에 충돌해 찌그러졌다. 뒤따라오던 경비대 스노모빌들 또한 산처럼 차곡차곡 쌓여갔다. 와장창, 쾅, 시끄러운 소리로부터 가까스로 멀어졌다. 안으로 들어간 세종은 초주검이 된 물배를 조수석에 앉혔다.

"나 다신 운전 안 할래……."

"어린이인 나도 하는데 고양이가 뭘 안 한다는 거니?"

물배가 조수석 차창에 머리를 기댔다. 세종의 스노모빌이 엉망으로 뒤엉킨 경비대로부터 멀찍이 사라졌다.

내내 질주하고 또 질주하는데도 장벽의 그림자 하나 보이지 않았다. 눈보라가 잦아든 설원이 훨씬 하얗게 보일 정도였다. 그리고 이때, 하필 스노모빌의 보닛에서 검은 연기가 피어올랐다.

"아!"

세종은 짜증 섞인 탄식을 뱉었다.

"고장인가?"

물배의 궁금함에 어깨를 들썩인 세종은 생각이 다른 모양이었다.

"멋진 나를 감당 못 하나 봐."

물배는 세종을 빤히 쳐다보기만 했다. 끝내 털털거린 스노모빌이 천천히 멈추고 말았다. 세종은 어쩔 도리 없이 스노모빌에서 내렸다. 밖으로 젖힌 얼음총 실린더에 눈을 긁어 담았다.

그러나 바람에 실린 입김이 넘실대는 방향 멀리, 경비대장과 경비대원들이 미리 진을 치고 있었다. 특히 얼굴의 손바닥 자국을 메우지 못한 경비대장이 세종을 노려봤다. 세종에게 다가온 물배가 가방 위로 뛰어올랐다.

"물배야, 밖으로 나오지 마."

"알았어, 내 걱정하지 말고."

물배가 가방 안으로 들어갔다. 몇 걸음 움직인 세종은 얼음총 손잡이 가까이에 손을 내려놓았다. 경비대장이 확성기 마이크를 입에 갖다 댔다.

"인간 꼬마는 들어라!"

"오냐!"

세종은 금방이라도 얼음총 손잡이를 쥐고자 손가락을 꼼지락거렸다. 경비대장이 말을 이었다.

"크리스마스 공화국에 온 목적이 무엇이냐?"

세종은 큰 소리로 말했다.

"내 친구를 찾으러 왔다!"

"혹시 그 친구가 장군님의 투명 정원에 있나?"

"그렇다고 볼 수 있다!"

"그렇다면 데려갈 수 없다!"

코끝을 찡그린 세종은 파카 주머니에 양손을 찔러넣었다.

"아, 왜?"

어린이의 능청스러운 여유에 헛웃음 나온 경비대장이 답했다.

"인마, 그거야 산타 장군님의 허락이 중요한 거지!"

세종은 고개를 갸웃하곤 볼을 긁었다. 코를 훌쩍이며 말했다.

"그런 게 어디 있어? 너는 이사 갈 때도 산타 장군한테 허락받아야 하냐? 밥 먹을 때도 허락받고, 예쁜 누나랑 뽀뽀할 때도 허락받고, 베이비복스 누나들 싸인 받고 싶을 때도 산타 장군한테 또 허락받냐? 야, 그러면 너는 쉬 쌀 때도 허락받겠네? 장군님, 저 쉬 마려운데 죄송하지만 쉬 좀 쌀게요, 쉬가 노란색인데 괜찮을까요, 만약에 싫으시면 바지에 싸서 조금씩 말려볼게요, 이러지? 어휴, 물배가 싼 설사가 너보다 훨씬 멋지겠다, 애,"

물배가 몸을 빼꼼 내밀었다. 무슨 얘기를 하나 궁금한 표정이었다. 세종은 계속 말을 이었다.

"그리고 유하 누나는 너보다 더 어른스러워. 응가랑 쉬도 못 가리는 주제에 경비대장을 왜 한다는 거니? 있지, 우리 할머니는 너 같은 애를 쪼다라고 해. 그러니까 너는 하얀 쪼다야. 참, 또 있잖아……."

세종의 언어 공격이 내내 이어질 기미였다. 부글부글 끓어오른 경비대장이 확성기 마이크를 으깨버리고자 꽉 쥐었다. 그러다 결국 소리쳤다.

"이 건방진 꼬맹이가!"

경비대장의 고함이 끝나기도 전이었다. 세종은 얼음총 방아쇠를 당겼다. 번개같이 날아간 얼음탄에 경비대원들이 가루가 돼버렸다. 차렷 자세로 굳은 경비대장이 조금씩 오들오들 떨었다. 세종은 총구에서 올라오는 냉기 사이로 날렵한 눈빛을 드러냈다.

"나 지금 기분 안 좋거든……? 착하게 말할 때 그냥 길 터라."

어린이에게 결코 나올 수 없는 기운이었다. 겨우 긴장을 가라앉힌 경비대장이 오랫동안 세종을 바라봤다. 세종도 눈빛 싸움이라면 지지 않았다.

"왜 그 여자아이를 데려가려는 거지?"

경비대장의 질문에 세종이 입을 뗐다.

"그 누나는 더 넓은 곳에서 행복하게 살 사람이거든. 이렇게 추운 곳이 아니라."

제3의 얼굴들

세종은 차분히 총집으로 얼음총을 집어넣었다. 기지개를 켜고서 몇 걸음 움직였다. 다시 경비대장에게 말했다.

"그러니까 얼른 길 터라."

"그러한가? 하지만…… 보내줄 수 없다."

경비대장이 손가락을 튕기자 각진 유리 상자가 떨어졌다. 세종과 물배가 나란히 갇혀버렸다. 날개 달린 순록들이 안장의 줄과 연결된 유리 상자를 동시에 끌어 올렸다. 세종은 한숨 쉬는 경비대장을 향해 쾅쾅 주먹질했다.

그때, 큰 구름을 탄 산타 장군이 등장했다. 붉은 코트 자락과 흰 수염을 나풀거리며 위용을 떨쳤다. 순록의 크고 하얀 날개깃 한 장을 여유롭게 잡고서 세종을 향해 손도 흔들었다. 씰룩이는 그의 입꼬리가 세종의 속을 뒤집었다.

"이 꼬마를 수감실에 넣어라!"

산타 장군의 굵직한 목소리였다. 경비대장과 뒤늦게 도착한 다른 경비대원들이 크게 대답했다. 뒷짐 진 산타 장군은 투명 정원으로 유유히 날아갔다. 세종은 투명 정원이 코앞임에도 멀어지자, 눈시울이 뜨거워지고 말았다.

좁다란 회색빛 수감실 바닥에 일개미들이 돌아다녔다. 공벌

레처럼 무릎 모은 자세를 한 세종은 길고 두꺼운 창살 너머의 벽을 노려봤다. 절대 빠져나갈 수 없다는 경비대장의 엄포까지 있었으니, 평소의 엉뚱함이 안 보일 수밖에 없었다.

옆에 있는 물배는 조심스레 세종을 힐끗댔다. 얘기를 꼭 해줘야겠다는 마음으로 말을 붙였다.

"남세종이."

세종은 입 한 번 뻥긋하지 않았다.

"인마, 남세종이."

끝내 세종은 물배의 나긋한 부름에 눈물이 맺혔다. 겹친 두 팔에 얼굴을 묻었다. 물배가 옅은 한숨을 내쉬었다. 세종은 훌쩍이면서도 또박또박 말했다.

"난 멍청이야……. 내가 너무 한심해……."

물배는 세종의 등을 쓸어줬다.

"여덟 살 꼬마가 할 말은 아니야, 세종아. 그러니까 잠깐만 내 말 좀 들어 봐."

"베이비복스 누나들한테만 신경 써서 유하 누나가 얼마나 힘든지 하나도 몰랐어. 나는 남자 친구 자격도 없어. 이렇게 추운 곳에 고양이랑만 갇혀있다니……."

세종의 말을 쭉 듣던 물배가 어금니를 깨물었다.

제3의 얼굴들

"어휴⋯⋯! 야, 그러게, 잠깐만 내 얼굴 좀 보란 말이야."

세종은 긴 눈물 줄기가 흐르는 얼굴을 들었다. 물배가 복슬복슬한 꼬리로 세종의 눈물 줄기를 삭 닦아줬다.

"너 멍청이 맞어."

피식 웃은 물배는 날카로운 발톱을 드러냈다.

"내가 고양이인 것도 까먹었잖아."

화색이 돈 세종은 힘차게 자리에서 일어났다. 창살에 올라탄 물배가 자물쇠 구멍으로 발톱을 쑤셔 넣었다. 이리저리 건드리니 철컥하며 수감실 문이 열렸다. 그러자 경보음이 울려 퍼졌다. 세종과 물배는 남자다운 결기가 담긴 표정으로 서로를 봤다.

"가자, 물배."

"좋다, 세종."

복도로 나온 세종과 물배는 각진 진압봉을 꺼낸 경비대원들에게 속절없이 가로막혔다. 공격 자세를 취한 세종과 물배는 서로의 등을 맞댔다. 후다닥 달려온 경비대장이 진압봉을 세종에게 겨눴다.

"꼬맹이! 아직도 정신 못 차렸냐, 어?"

세종은 웃음을 참으며 배를 움켜잡았다.

"풉! 하얀 쪼다잖아?"

"시끄러워, 인마!"

때마침 세종의 오른 손바닥에 열기가 올랐다. 세종은 또 머리 위로 전구가 켜졌다.

"이거야."

앙상해진 경비대장과 경비대원들이 감옥 운동장으로 나와 넘어졌다. 전부 하나같이 뜨거워하며 흰 바닥을 데굴데굴 굴렀다. 경비대 스노모빌에 오른 세종과 물배가 그들을 넘어 힘차게 날아올랐다.

"꼬마야!"

수감 됐던 행색의 눈사람이 세종을 불렀다. 착지하며 스노모빌을 세운 세종은 차창 밖으로 몸을 내밀었다.

"투명 정원에 가면 꼭 우리 친구들도 풀어줘. 부탁할게!"

세종은 한데 모인 눈사람들에게 경례했다. 더 이상의 주저 없이 설원의 바람을 가르며 쾌속으로 질주했다. 어느새 보라색 하늘이 새카맣게 물들려 했다. 멀리 보이는 투명 정원에 눈부신 형광등 빛이 들어왔다. 둥둥 떠다니는 산타 장군이 열린 지붕 안으로 살며시 모습을 감췄다. 그를 본 세종은 액셀을 세게 밟았다. 그러나 경비대 스노모빌이 둥글게 파인 길바닥 속으로 빠져버렸다. 가파른 경사로를 타고 내려갔다. 세종과 물배가 비명을 지르며 서로를 껴안았다.

한 바퀴 구른 경비대 스노모빌이 벽 앞에 간신히 멈췄다. 거꾸로 뒤집힌 세종과 물배가 끙끙거리며 나왔다. 톱니바퀴 구르는 소리가 들려오는 지하였다.

물배가 벽에 귀를 가까이 댔다. 톱니바퀴 구르는 소리뿐만 아니라 독촉과 고함도 물배에게 더 크게 닿았다.

"여기구나. 톱니바퀴 굴리는 곳."

"물배야, 여기 눈사람들부터 구하자."

세종이 속히 움직이려는데, 물배가 그의 바짓가랑이를 꽉 잡았다. 깜짝 놀란 세종은 사뭇 진중해진 물배를 내려다봤다.

"왜? 얼른 가자."

"눈사람들은 내가 어떻게 해볼게. 넌 유하한테 가."

물배가 세종의 종아리를 두드렸다. 세종은 입술이 바르르 떨렸으나 애써 달렸다. 물배도 반대 방향으로 빠르게 움직였다.

세종은 시야에서 벗어날 때까지 물배를 여러 번 돌아봤다. 곧 투명 정원으로 향하는 출입문 앞에 섰다. 둥글고 앙상한 문손잡이를 잡아 열어젖혔다. 뿜어져 나온 환한 빛에 급히 눈을 가린 세종을 누군가가 끌어당겼다.

세종은 새 지저귐 속에서 눈을 떴다. 인공 태양과 하늘 아래, 키 큰 나무 한 그루가 우뚝 선 드넓고 푸른 초원이었다.

"꼬마야."

산타 장군이 세종의 앞을 막았다.

"저 아이를 꼭 데려가야겠니? 여기가 천국일 텐데도?"

세종은 또박또박 말했다.

"그건 직접 물을 거예요."

산타 장군이 더 말을 이어가지 않고 길을 터줬다. 선선한 나무 그늘 아래 젊은 여자가 보였다. 나비의 날개 같은 앞치마 매듭의 긴 줄이 나부꼈다. 바삐 붓질하는 움직임, 캔버스를 마주한 모습, 세종은 단번에 유하임을 알아차리고 냅다 달려갔다.

스무 살로 변한 유하가 등 뒤의 인기척에 붓질을 멈췄다. 어릴 때의 모습에서 크게 달라지지 않은 얼굴이었다. 쌍꺼풀 없는 그녀의 큰 눈 안에 세종이 담겼다. 세종은 유하 가까이에 멈췄다. 무릎 굽혀 앉은 유하는 세종과 눈높이를 맞췄다.

"누구니?"

세종은 자신의 머리를 쓰다듬으며 묻는 유하에게 이해할 수 없다는 표정으로 답했다.

"나 세종이잖아! 군청색 대문집 사는 남세종! 누나 껌딱지!"

유하는 처음 듣는 말이라는 기색이었다.

"누나네 집은 은색 대문이고, 학교 끝나면 수정 미술학원 다니고……. 구운 유치원 다닐 때 남세종 울보여도 괜찮다고, 나중에 데리고 살 거라고도 얘기해줬잖아."

생긋했던 유하의 얼굴로 옅은 그늘이 드리워졌다. 그럼에도 유하는 세종의 얘기에 끄덕이며 머리를 쓰다듬었다.

"미안해, 내가 그 사람이 아니라서. 난 여기서 오랫동안 살았어. 따뜻한 곳이거든. 풀색도 예쁘고, 나무도 향기로운 곳……. 나가는 길을 모르면 내가 알려줄게."

산타 장군이 흐뭇한 미소를 지었다. 그러나 세종은 유하의 손을 뿌리쳤다.

"여기서 쭉 살겠다는 거야? 그리고 강유하가 아니라고? 누나 멍청이야? 이렇게 나쁜 사람이었어? 내가 우스워?"

격해지려는 세종의 질문에 유하가 차분히 답했다.

"밖은 나가봤자 감기 걸려서 아픈…… 그런 곳이니까."

때마침 투명 정원 바깥이 시끄러웠다. 다름 아닌 눈사람들과 경비대가 싸우는 소리였다. 그럼에도 세종은 흔들림 없이 말로써 밀고 들어갔다.

"누나, 남양주 가기 싫지?"

유하는 내렸던 두 눈을 세종과 다시 맞췄다. 세종은 유하의 손을 잡고 나긋이 말했다.

"나 같아도 싫을 거야. 그런데 여기는 구운동도 아니야. 남양주도 아니고. 나랑 물배가 다 봤어. 여기는 눈사람들이 산타 장군 때문에 아파하는 곳이야. 그리고 미워. 나랑 나가기 싫다고 모르는 척하는 게 어디 있어? 나 솔직히 속상했어. 누나 그렇게 얼음 같은 사람도 아니면서……."

산타 장군이 주먹을 쥐었다. 때마침 밖에서 날아온 대형 얼음탄에 투명 정원의 벽이 부서지고 있었다. 지하에서 톱니바퀴를 돌리던 눈사람들까지 물배가 끌고 온 상황에서, 세종은 유하의 왼쪽 눈을 가렸다.

"왼쪽 눈 밑에 있는 점은 나한테 뭐라고 얘기할 건데?"

그제야 유하는 왼쪽 눈 밑의 점을 조심스레 만졌다. 세종은 올라오는 울먹임을 애써 삼켰다. 유하의 두 손을 잡아당겼다. 자신의 두 눈을 쫙 펼쳤다. 그녀의 눈망울이 흔들렸다. 세종은 유하의 머리를 쓰다듬으며 말했다.

"슈퍼에 있는 인형 뽑기로 누나한테 선물 주려고 했어. 그거 꼭 줄 테니까 나랑 구운동 가자, 어? 누나 이사 가더라도 심심할 때마다 전화할 거야. 걱정하지 마."

결국 유하는 눈물을 흘렸다. 갓난애였던 세종이 이사 왔을 때, 유치원에서 놀 때, 동네를 산책할 때, 생일 선물을 주고받을 때의 기억들, 함께 커오며 키를 쟀던 거실 내벽의 콩알만 한 낙서까지, 선명해진 기억들은 욱신거림과 정다움이 되어 유하의 가슴을 두드렸다.

세종은 집 마당에서처럼 유하의 눈물을 닦아줬다. 그녀가 두 팔 뻗어 세종을 안아주려 하는 순간, 위에서 굵직한 목소리가 벽력처럼 내리쳤다.

"그럴 순 없다!"

붉은 구름 괴물로 변한 산타 장군이었다. 유하 앞에 선 세종은 두 팔을 양옆으로 뻗었다. 물배와 주민들도 달려와 세종과 유하를 에워쌌다.

"우리부터 밟아라!"

"어디서 애들을 괴롭혀!"

"이제 그만하란 말이야!"

주민들의 항의에 산타 장군이 우렁차게 소리쳤다.

"시끄럽다! 이 하찮은 덩어리들! 나는 인간 아이들의 행복을 위해 군림하는 어버이이자 수령이다! 너희는 인간 아이들을 위해서 일만 하는 존재들임을 왜 모르는 것인가! 너희의 본분을 잊지 말라!"

세종의 손을 붙잡은 유하가 눈사람들 사이에서 나왔다. 산타 장군을 향해 외쳤다.

"난 원한 적 없었어! 당신도 눈사람들을 괴롭히면서 아이들을 납치해선 안 돼!"

"그리고 나 힘 겁나 세다! 까불지 마라!"

세종의 앳된 표현에 눈사람들이 웃음을 참았다. 편히 실소한 물배와 유하가 거들었다.

"야, 그래! 세종이 힘 겁나 세다!"

"그래, 내 남자 친구 힘 겁나 세다!"

세종은 그 와중에도 잔뜩 빨개진 얼굴로 유하를 올려다봤다.

"옳소!"

"남세종 군은 힘이 세다!"

그리고 눈사람들도 거들었다. 세종은 더 크게 외쳤다.

"내가 강유하 남자 친구다, 이 빨간 설사야! 너는 여자 친구도 없지? 백만 년 동안 한 명도 없었지? 어휴, 불쌍해서 어쩌니? 나는 있다!"

이에 눈사람들이 편안히 박장대소했다. 모두가 세종처럼 장난스러운 야유를 보냈다. 물러나라, 사라져라, 악당 녀석아, 온

갖 비난들까지 함께 거세졌다. 마침내 이를 바득바득 갈고 있던 산타 장군이 고성을 질렀다.

"이 녀석들!"

덮쳐오는 거대한 오른 주먹이 사방을 어둠으로 가렸다. 저마다 비명을 지르며 서로를 껴안거나 넋이 나가고 말았다.

한참 후에 유하만이 질끈 감았던 눈을 떴다. 홀로 산타 장군의 주먹을 막으며 끙끙거리는 세종을 봤다. 풀밭 위의 두 발이 흙 속을 파고들었다. 세종은 산타 장군의 가운뎃손가락 살가죽을 잡았다.

"나 힘 겁나 세다! 나 힘 겁나 세다고 말했다!"

세종은 움켜잡은 그대로 힘껏 몸을 틀어 산타 장군을 끌고자 했다. 유하와 눈사람들도 따라붙어 각자 큰 손가락들을 잡았다.

"왼쪽으로! 빙글빙글!"

세종의 큰 구령에 맞춰 모두가 이를 앙다물고 왼쪽으로 끌었다.

"돌립시다!"

"으랏차차!"

당황스러움을 감출 수 없는 산타 장군이 그들의 힘에 점점 쏠렸다. 끝내 선풍기 날개처럼 천천히 돌아가기에 이르렀다. 육중하고 두꺼운 바람에 풀과 나무가 뒤집혔다. 그의 굵직한 비명도 둥글게 울려 퍼지며 회오리가 몰아쳤다.

"지그음!"

세종은 신호를 외쳤다. 모두가 산타 장군의 손가락을 동시에 놓았다.

"으으아악!"

산타 장군이 칠흑의 하늘 멀리 날아가 펑 터졌다. 금 간 투명 돔이 와르르 무너졌다. 눈사람들이 두 팔 벌려 환호했다. 세종과 물배도 그들과 함께 만세를 외쳤다. 숨을 고르던 유하가 세종을 와락 껴안았다. 세종은 그녀의 등을 토닥였다.

"이제 집에 가자, 누나."

그러자 위에서 환한 빛줄기가 부드러이 내려왔다. 다름 아닌 발광체가 오고 있었다. 눈사람들이 세종 일행 앞으로 모였다.

"감사합니다, 선생님들."

"잊지 않겠습니다."

"행복하세요."

세종 일행은 감사와 작별의 인사를 건네는 그들에게 공손히 허리 숙였다. 물배와 유하부터 발광체 속으로 뛰어들었다. 브이를 펼친 세종은 공중제비를 돌며 뛰어들었다. 곧이어 떠오른 발광체가 하늘을 때리는 울림과 함께 사라졌다. 동쪽 끝에서의 햇

제3의 얼굴들

살이 어둠을 사르며 찬란히 펼쳐졌다.

　크리스마스 당일이 왔다. 아침 일찍부터 구멍가게의 인형 뽑기 기계에서 요란한 소리가 났다.

　마지막 한 번의 기회만 남은 상황이었다. 레버와 버튼을 만진 세종은 바퀴 달린 비행기 장난감으로 쇠집게를 내렸다. 덥석 쥔 쇠집게가 상승하며 덜컹거렸다. 슬슬 쇠집게의 좁은 아귀가 느슨해졌다. 세종의 잇몸과 아랫배가 시큰해지려는 차, 텅 빈 투입구로 비행기 장난감이 정확히 떨어졌다.

　생긋 웃은 세종은 비행기 장난감을 꺼내고서 골목으로 달려 갔다. 때마침 세종 아빠와 세종 엄마, 유하 아빠가 남은 상자들을 승합차 짐칸에 싣고 있었다.

　"어유, 형님, 진짜 가시네. 남양주 갈 일 생기면 연락할게요."

　"그래, 맥주나 한잔 마시자. 고마웠어. 제수씨도 고마웠어요."

　"잘 가셔요."

　아홉 살 소녀의 모습으로 돌아온 유하가 바쁜 뜀박질에 화색이 돌았다. 막 도착한 세종은 엄마와 아빠 사이로 들어가 몸을 비비 꼬았다. 그 모습을 본 세종 엄마가 세종의 머리를 살살 건드렸다.

"뭐여, 아들. 할 말 있으면 얼른 해."

어른들이 하하 호호 웃었다. 세종은 비행기 장난감을 유하에게 건넸다.

"누나, 이거…… 크리스마스 선물이야."

비행기 장난감을 받은 유하는 세종의 볼에 입을 맞췄다. 깜짝 놀란 어른들이 장난스레 세종에게 꿀밤을 먹였다. 발그레해진 세종은 엄마 품에 푹 안겼다.

"남세종!"

유하의 부름에 세종이 엄마 품에서 나왔다.

"너 바람피우면 안 돼. 알았지?"

더 헤벌쭉해진 세종은 굽힌 무릎에 얼굴을 파묻었다. 유하가 세종의 볼과 귀를 콕콕 찔렀다. 어른들이 자지러졌다. 담장에서 털을 핥던 물배도 뿌듯한 표정으로 바라봤다.

집 앞 계단에 앉은 세종은 작은 화단의 자홍색 봉오리를 보고 있었다. 유치원에서 자주 우는 자신에게 꼭 다가와 토닥였던 유하의 손길, 무서워하지 않아도 괜찮다는 안온한 격려, 흰 눈에 가려졌어도 언젠가는 겹겹이 잎을 펼칠 국화를 떠올렸다. 소년의 맑은 얼굴에 환한 빛이 묻었다.

앗, 세종은 따스한 햇살인 줄로만 알았다. 또 등장한 발광체가 학교와 이어진 육교로 날아가는 중이었다. 물배가 발광체를 급히 뒤쫓으며 야옹거렸다. 세종도 바로 일어나 엉덩이를 털었다.

세종은 당차게 달릴수록 저절로 웃음이 나왔다. 물배를 들어 안고 높이 뛰어올랐다.

「남세종과 크리스마스 공화국」 코멘터리

- 어른들과 아이들이 함께 읽을 수 있는 이야기를 꼭 쓰고 싶었습니다. 「남세종과 크리스마스 공화국」은 이 막연한 생각에서 시작했습니다. 친구들과의 베트남 여행 중에 조용히 이야기를 구상했습니다.

- 지금의 아이들에게 저와 제 또래의 어린 시절을 보여주면 좋겠다고 생각했습니다. 그렇기에 작중 시대 배경은 2004년, 공간 배경은 제가 오랫동안 살았던 곳이자 수원시에 실재하는 '구운동'입니다.

- 별세계로 인도하는 발광체는 아이들 눈에만 보입니다. 아울러 별세계와 현실은 시차가 많이 벌어져 있습니다. 별세계에서의 하루가 현실에서는 한 시간입니다.

- 어른들도 어렸을 땐 별세계로 인도하는 발광체를 봤습니다. 발광체는 시대와 장소를 가리지 않고 전국 곳곳을 날아다녔습니다.

- 동물들은 별세계로 가면 사람처럼 말하고 행동할 수 있습니다.

- 소설을 쓰며 봤던 작품들은 <짱구는 못말려> 극장판 시리즈, <태권동자 마루치 아라치>, <토마스와 친구들>, <핑구>, <월레스와 그로밋>, <브룸>, <네모바지 스폰지밥>, <핀과 제이크의 어드벤처 타임>입니다.

- 인물들이 언급하는 <땡땡의 모험> 시리즈, 걸그룹 베이비복스, 게임 <메탈슬러그>를 제외한 인물, 사건, 제품, 단체 등은 허구임을 밝힙니다.

작가의 말

언제나 응원해 주는 가족들과 친구들에게 감사의 인사를 올린다. 덕분에 내가 건강하게 살고 있다.

특히 학습지 교사로 근무하면서 만났던 어린이들에게 존경과 감사의 인사를 올린다. 크리스마스 공화국을 누비는 남세종 군은 맑고 엉뚱한 어린이들 덕에 나올 수 있었다. 그리고 철없는 동생뻘 교사를 믿어주신 학부모님들께도 무한히 감사드린다.

끝으로 독자 여러분의 삶에 작은 예쁨과 행복이 가득하길 바란다. 소설집으로 묶기 위해 도깨비 얼굴의 목불상들을 깎아낸 느낌이다. 그래도 독자 여러분께 재밌게 읽힌다면 다행이겠다.

2025년 1월 8일,

강재영 씀.